I0583628

UN MARIAGE MORTEL

CHARLOTTE BYRD

CHARLOTTE BYRD
Dangerously addictive

COPYRIGHT

Ce livre est une œuvre de fiction. Les nom, personnages, les endroits et les péripéties sont

À PROPOSE DE UN MARIAGE MORTEL

Pour sauver la vie de mon père et l'héritage de notre famille, je dois épouser un homme cruel qui me voit comme un trophée.

Je pensais déjà que Franklin Parks était un homme mauvais, mais maintenant je sais que c'est un monstre.

Pour survivre, je vais devoir le battre à son propre jeu. Mais quand Henry Asher, l'amour de ma vie, revient dans mon quotidien, les choses se compliquent.

Franklin n'est pas juste mon fiancé, c'est le boss de Henry et il ne laissera **rien** l'arrêter.

Henry Asher

J'ai été idiot de la laisser partir. Maintenant je dois tout faire pour la récupérer.

Aurora n'aurait jamais pensé que je pourrais être un connard blindé de tunes près à tout pour avoir ce qu'il veut, mais je m'efforce de lui prouver le contraire.

Pour l'aider, j'ai dû apprendre deux trois trucs.

Pour la protéger, j'ai dû devenir mon pire ennemi.

Pour la sauver, j'ai dû faire l'impensable.

Le problème est qu'elle ne veut pas être sauvée. Elle a ses propre plans. Mais le mariage approche et on est à court de temps...

ÉLOGES FAITS A CHARLOTTE BYRD

« Décadent, délicieux et dangereusement addictif ! » — Avis ★★★★★

« L'érotisme si magistralement tissé qu'aucun lecteur ne peut y résister ! Un INCONTOURNABLE ! » — Bobbi Koe, Avis ★★★★★

« Captivant ! » — Crystal Jones, Avis

« Excitant, intense, sensuel » Rock, Avis

« Sexy, mystérieux, palpitant... » Mrs K, Avis

« Charlotte Byrd est une auteure remarquable. J'ai lu beaucoup de ses livres, j'ai ri et pleuré. Elle a une écriture équilibrée avec des personnages brillants. Bravo ! » — Avis ★★★★★

« Rapide, sombre, addictif et percutant » — Avis ★★★★★

« Chaud, torride et une intrigue géniale. » — Christine Reese ★★★★★

« Oh la la... Charlotte a fait de moi une fan à vie » — JJ, Avis ★★★★★.

« La tension et l'alchimie sont au niveau d'alerte cinq. » — Sharon, Avis ★★★★★

« Chaud, sexy, le voyage fascinant d'Ellie et M Aiden Black. » — Robin Langelier ★★★★★

« Waouh. Tout simplement waouh. Charlotte Byrd me laisse sans voix et humble... Il m'a tenue en haleine. Une fois que vous l'ouvrez, vous ne pourrez plus le poser. » — Avis ★★★★★

« Sexy, torride et captivant ! — Charmaine, Avis ★★★★★

"Intrigue, luxure et de superbes personnages...
que demander de plus ?!" — Dragonfly Lady.

"Un livre incroyable. Une lecture excitante, très
divertissante, captivante et intéressante. Je ne
pouvais pas le poser." — Kim F, Avis
★★★★★

"C'est tout simplement la meilleure histoire.
Tout ce que j'aime et plus. Une histoire
tellement géniale que je la relirai encore et
encore. À conserver !!" — Wendy Ballard
★★★★★

"Il y a le nombre parfait de revirement de
situations. Je me suis sentie instantanément lié à
l'héroïne et bien sûr à M Black. MIAM. Le
roman est excitant, insolent, torride. Il est tout."
— Khardine Gray, auteur de romance à succès
★★★★★

INSCRIS-TOI À MA NEWSLETTER !

Tu veux être le premier à être informé de mes prochaines ventes, de mes nouvelles sorties et de cadeaux exclusifs ?

Abonne-toi à ma **Newsletter** et rejoins mon **Club de Lecteur** !

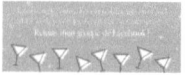

LIVRES DE CHARLOTTE BYRD

Tous les livres sont disponibles chez TOUS les grands distributeurs !

Si tu n'arrives pas à les trouver, s'il te plaît, envoie-moi un e-mail à l'adresse charlotte@charlotte-byrd.com

La Trilogie du Mariage

De Dangereuses Fiançailles

Un Mariage Mortel

Une Union Fatale

Pas intéressée Duo

La trilogie de La maison de York

La maison de York

La couronne de York

Le trône de York

Série Secrets et mensonges

Secrets et mensonges

Secrets et révélations

Secrets et peur

Secrets et colère

Secrets et passion

Série Dis-moi d'Arrêter

Dis-moi d'Arrêter

Dis-moi de Partir

Dis-moi de Rester

Dis-moi de Fuir

Dis-moi de Lutter

Dis-moi de Mentir

Série Emmêlée Dans La Glace

Emmêlée Dans La Glace

Emmêlée Dans La Douleur

Emmêlée Dans La Dentelle

Emmêlée Dans La Haine

Emmêlée Dans l'Amour

À PROPOS DE CHARLOTTE BYRD

Charlotte Byrd est une auteure de best-sellers de romans contemporains. Elle vit en Californie du Sud avec son mari, son fils et un berger australien plein d'énergie. Elle adore les livres, le beau temps et les grandes eaux bleues.

Contactez-la ici : charlotte@charlotte-byrd.com

Trouvez ses autres livres ici : www.charlotte-byrd.com

Suivez-la ici : www.facebook.com/charlottebyrdbooks

Instagram : www.instagram.com/charlottebyrdbooks

Twitter : www.twitter.com/ByrdAuthor

Groupe Facebook : Charlotte Byrd's
Reader Club

Tu veux être le premier à être informé de mes prochaines ventes, de mes nouvelles sorties et de cadeaux exclusifs ?

Abonne-toi à ma **Newsletter** et rejoins mon **Club de Lecteur** !

1

HENRY

Je la regarde de loin. Je la suis dans la rue.

Je la vois rire, elle balance ses cheveux en arrière. Elle sourit et disparaît au coin de la rue.

Je la vois quelques instants plus tard avec son visage enfoui dans son téléphone. Elle lit mon message mais elle ne répond pas.

Je l'ai appelée plusieurs fois, j'ai perdu le compte. Je ne veux pas la harceler mais je suis là, à la regarder, à la suivre, à entrer de force dans son monde.

Je sais que ce que je fais est mal, mais je ne peux pas m'arrêter.

Je veux qu'elle revienne.

J'ai besoin d'elle.

Ma vie n'a pas de sens sans elle.

La sienne a-t-elle un sens sans moi ?

Aurora s'arrête devant un magasin, elle se tient
les bras croisés en regardant les livres en vitrine.
Je suis tenté de l'approcher, je m'imagine marcher
vers elle et lui faire un câlin et l'embrasser
comme si elle était encore à moi.

J'enfonce le bout de mes doigts dans mes paumes
et je vois mes jointures devenir blanches. Je
prends une profonde inspiration même si ma
poitrine se serre.

Ma prochaine respiration est tout aussi
laborieuse, sinon plus encore. Il me faut
beaucoup de force pour m'éloigner d'elle.

Aurora ne sait pas que je suis à New York parce
que je ne devrais pas être ici.

Personne ne sait que je suis là. Pas mon éditeur,
pas mon patron, pas le patron de mon patron. Je
suis venu ici du Kentucky avec mon propre

argent et je dois être de retour à l'aéroport de LaGuardia ce soir.

C'est tout le temps que j'ai pour trouver quoi faire, ou peut-être quoi ne pas faire. Quand j'ai acheté mon billet, j'ai pensé que je viendrais ici pour la trouver et lui dire que je l'aime et que nous devrions nous remettre ensemble. Mais en la regardant ignorer mes appels et mes SMS, je ne pense pas avoir la force de survivre à un rejet en face à face.

Aurora et moi nous sommes disputés, encore une fois, ce qui a créé de la distance, de la peine et de la solitude. Nous avons laissé nos frustrations nous séparer et je regrette lui avoir dit que je voulais faire une pause.

Au début, elle était bouleversée. Elle m'a appelé plusieurs fois et j'ai ignoré ses appels.

Quand ce fut mon tour d'appeler, ça a été son tour de me repousser.

J'ai envie de dire que je ne crois pas aux regrets parce que ça sonne bien.

C'est comme si dans le monde d'aujourd'hui, nous devions tous célébrer chaque chose absurde que nous n'avons jamais faite juste parce que ces moments sont ceux qui ont fait de vous la personne que vous êtes aujourd'hui.

Mais la vérité est que je n'y crois pas.

C'est des conneries.

Tout ce que j'ai fait n'a pas contribué à faire de moi une meilleure personne. Beaucoup de choses étaient juste bêtes et de vieilles erreurs inutiles que j'aurais aimé pouvoir reprendre.

Oublier la cérémonie d'Aurora, me concentrer trop sur mon travail, puis lui dire que j'étais fatigué de notre relation, même si à ce moment-là, j'étais juste fatigué, ce sont les erreurs que j'aimerais pouvoir reprendre.

Lui dire ces mots a tout déclenché et maintenant, il n'y a plus de retour possible.

Je regarde Aurora disparaître dans la librairie et souhaite plus que tout pouvoir la suivre.

Hier, je pensais que je pourrais.

Je pensais que je descendrais de l'avion et irais directement chez elle et lui dirais tout ce que je ressens depuis notre rupture.

Mais maintenant, je ne peux pas me résoudre à le faire.

Ce n'est pas parce qu'elle ne me manque pas. Elle me manque plus que jamais.

Sans elle dans ma vie, j'ai l'impression qu'une partie de moi s'est envolée.

Si je perdais subitement un membre, il me manquerait probablement beaucoup moins.

Je touche la porte de la librairie, passant mes doigts sur son dessin orné. J'attrape la porte et la tiens ouverte pour une cliente aux cheveux lissés en un chignon sévère.

Je m'attarde un instant puis regarde une autre cliente sortir. Elle ne lève pas les yeux de son téléphone mais me fait un bref signe de tête, *merci*.

Entre, je me dis, *entre ou tu le regretteras comme tout le reste.*

Je prends une profonde inspiration et franchis le seuil. Je cherche Aurora près des caisses et la cherche dans les allées à l'arrière.

Plus j'avance, plus tout est désorganisé. Les allées sont toutes étiquetées mais la plupart des livres sont mal classés et certains sont rangés à l'envers. Je passe d'allée en allée à sa recherche, la repérant finalement tout au fond, dans la section romance.

Ses épaules montent et descendent à chaque respiration alors qu'elle tourne délicatement les pages. Tenant le livre près de son visage, son nez littéralement enfoui dedans.

— Qu'est-ce que tu fais ? me demande-t-elle quand je fais un pas de plus et que le sol grince fort.

— Je voulais te parler, dis-je.

— Alors tu m'as suivie ?

— Non, non, je veux dire si... j'hésite.

— Oui ou non ? Aurora penche la tête et plisse les yeux.

— Pouvons-nous parler ? je demande.

— Nous parlons là, dit-elle.

Elle sait parfaitement que ce n'est pas ce que je veux dire, je ne sais pas comment l'aider à surmonter cette colère pour qu'elle m'entende.

— Tu aurais dû être là, dit-elle, en me contournant et en direction du registre.

— Je sais, je suis vraiment désolé, je me précipite après elle. Je travaillais juste sur une histoire et j'étais coincé.

— Je sais que tu as une carrière qui te passionne, mais j'ai ma propre vie et mes propres problèmes et je pensais que je pouvais compter sur mon petit ami pour être là pour moi.

— Tu peux compter sur moi, dis-je.

— Vraiment ?

— Je suis désolé, dis-je en prenant une profonde inspiration. Je sais que j'ai fait le con. Je n'aurais jamais dû suggérer une pause. Mais j'ai essayé de t'appeler tant de fois après...

Je me tiens ici à côté d'elle et j'attends que la caissière prenne sa carte de crédit et qu'elle entre son code.

— Je suis vraiment désolée de la façon dont tout s'est fini, dit Aurora quand nous sortons.

La ruée du trafic me fait sursauter un instant. *Je suis au Kentucky depuis trop longtemps*, me dis-je.

— Alors, c'est fini ? je demande

Elle hausse les épaules.

— Tu ne veux plus en parler ?

Elle hausse à nouveau les épaules.

Aurora recule comme si elle était sur le point de tourner et de s'éloigner, mais quelque chose l'arrête.

— Qu'est-ce que tu veux que je fasse ? elle demande.

— Je veux que tu reviennes, dis-je sans hésiter. Je suis vraiment désolé, surtout d'avoir raté ta remise de diplôme. Je t'aime, Aurora. Tu me manques plus que tu ne pourrais jamais l'imaginer. J'ai besoin de toi dans ma vie.

De grosses larmes commencent à se former dans ses yeux. Son visage se contorsionne alors qu'elle essaie de les repousser.

Aurora couvre sa bouche avec sa main et secoue la tête en marmonnant :

— Non, non, non.

Je m'approche et passe mon bras autour d'elle, mais elle me repousse.

— Non, je ne peux pas, dit-elle.

— Pourquoi pas ? je chuchote.

On dirait qu'il y a quelque chose qu'elle ne me dit pas.

Mais plus j'insiste, plus elle s'éloigne.

— Je dois y aller, dit-elle en s'essuyant les joues.
— Je ne peux pas me remettre avec toi, Henry. Il s'est passé trop de choses.

2

***

HENRY

QUAND ELLE S'ÉLOIGNE, je ne peux plus respirer.

Est-ce que c'est ce que ça fait de mourir ?

Me pliant en deux, je passe mes mains autour de mes genoux et commence à sangloter, sans me soucier de qui peut m'entendre.

Je ne sais pas combien de temps je reste comme ça. Au bout d'un moment, je me force à me relever. Je sais que je suis pathétique, mais mon cœur se brise en un million de petits morceaux, comment dois-je réagir ?

Dois-je simplement faire semblant que je vais bien ?

Dois-je attaquer frapper quelqu'un au visage ?

Est-ce que la chose qu'un meilleur homme que
moi ferait ?

Non, la seule issue est de traverser la douleur, pas
de l'éviter mais juste la vivre. Je le sais, mais cela
ne facilite pas les choses.

Je veux la suivre.

Je veux la forcer à me dire ce qui s'est passé.

Je veux la forcer à me reprendre.

Mais parfois, vous atteignez ce point et vous
savez que vous ne pouvez pas pousser l'autre
personne plus loin.

Je la connais suffisamment pour savoir que ce
qu'elle a dit là-bas est *sa* vérité. La seule façon de
savoir ce qui se passe réellement, c'est de lui
donner un peu de temps et de la laisser guérir
un peu.

Quand je suis arrivé à New York et que je l'ai vue
dans son appartement et que je l'ai suivie dans
cette librairie, je ne voulais pas l'approcher parce

que je ne voulais pas que notre dernière conversation soit une rupture.

Malheureusement, je n'ai pas écouté mes propres conseils.

Maintenant, ce n'est plus une rupture par téléphone, elle m'a aussi larguée dans la vraie vie.

Voilà un autre regret à ajouter à ce gigantesque tas de regrets qu'est ma vie.

Je prends mon téléphone et je regarde les réseaux sociaux. Lorsque cela ne suffit pas comme distraction, j'ouvre une application politique. Les heures passent et je ne me sens pas mieux, mais je suis maintenant trop fatigué pour ressentir quoi que ce soit de mauvais d'une manière réelle.

Puis mon téléphone sonne. Un nom apparaît sur l'écran : Jackie.

Je suis tenté d'ignorer l'appel, mais je réponds quand même. Après un bref bonjour, je lui dis que je suis en fait en ville s'il veut prendre un verre.

Jackie Peterson est un de mes amis de Montauk. Il avait un an de retard à l'école et nous n'étions pas vraiment proches avant l'obtention de nos diplômes.

Cela prend une heure à Jackie pour arriver au bar que je suggère et je suis déjà à mon troisième verre de scotch.

— Je ne bois plus, dit-il en prenant place à côté de moi.

Je lève un sourcil à cette révélation.

Jackie est le genre de gars qui a toujours su passer du bon temps.

— Qu'est-ce que tu racontes ? je demande

Il hausse les épaules et commande un Coca avec un quartier de citron.

— C'est pour le boulot ? je demande

— Eh bien, je ne suis pas censé boire au travail, mais non ce n'est pas à cause de ça. J'ai arrêté de boire, et tout le reste, il y a 375 jours, il rit.

— Wow, c'est un chiffre précis.

— Ouais, ça ne me manque pas du tout, dit-il, sa voix trempée de sarcasme.

— Hum, j'acquiesce.

— Je plaisante, ajoute-t-il. En réalité, je compte les jours car c'est la seule chose à laquelle je peux penser, à partir du moment où je me réveille le matin jusqu'au moment où je me couche le soir.

Je regarde mon verre et le termine rapidement pour ne plus le tenter. Après avoir remis ma carte de crédit au barman, je commande une tasse de café.

— Je suis ravi de te revoir, dit Jackie en prenant une gorgée de son expresso. Qu'est-ce que tu fais ces jours-ci ?

— Je suis journaliste, dis-je avec un haussement d'épaules. Je suis en ville juste pour une journée et je dois retourner au Kentucky.

— Oh vraiment ? il demande. Je ne savais pas.

Je m'attends à ce qu'il me demande plus sur le type d'histoires sur lesquelles je travaille, mais quand nos yeux se rencontrent, je peux voir qu'il a autre chose en tête.

Jackie est un grand gars aux cheveux épais et foncés et aux épaules larges et il peut être charmant et attrayant, et le pire est qu'il le sait.

Il me fait un sourire en coin et un clin d'œil.

— Quoi ? je demande, assis dans le grand fauteuil en cuir.

— Eh bien, j'ai entendu les rumeurs, dit-il lentement, savourant chaque mot.

— Qu'est-ce que tu racontes ?

— A propos d'Aurora Penelope Tate, dit-il, énonçant chaque consonne en son nom.

— Je ne savais pas que tu écoutais les potins, je souris.

— Eh bien, tu sais comment c'est, un de tes vieux copains de lycée commence à sortir avec l'héritière d'une fortune de plusieurs milliards de dollars et les gens commencent à parler.

— Il n'y a vraiment rien à dire, dis-je avec un soupir. Nous nous sommes séparés.

— Je suis désolé d'entendre ça, dit-il, Mais tu savais que cela allait arriver, non ?

Je hausse les épaules.

— Sérieusement ?

— Tu crois que j'ai l'air d'un homme qui savait
que les choses n'allaient pas s'arranger ? dis-je.

— D'accord, peut-être pas, mais tu ne t'attendais
pas vraiment à l'épouser, n'est-ce pas ?

Sa question me prend par surprise.

Je le regarde, ne sachant pas comment réagir.

— Henry, allez mec, dis-moi que tu passais juste
un bon moment. Que ce n'était pas sérieux.

— Je ne peux pas, dis-je en secouant la tête.
C'était sérieux. Peut-être que je suis juste un
idiot mais oui, je pensais que nous allions finir
ensemble.

— Bordel ! Tu es sérieux ? Je veux dire, vous
étiez tous les deux si sérieux ?

Je lui fais un léger signe de tête et regarde dans
l'obscurité de ma tasse.

— C'est pourquoi je suis à New York, dis-je. Je
veux dire, on avait officiellement rompu, mais je

suis venu ici pour essayer de sauver la situation et elle ne voulait pas l'entendre.

— Wow, je suis un connard, dit Jackie, en s'asseyant contre sa chaise.

— Oui, vraiment.

— Je ne voulais vraiment rien dire de-

— Ne t'inquiète pas, je l'interromps.

— Je suis-

— Écoute, laisse tomber. Je ne veux pas vraiment en parler.

— Je suis vraiment désolé, mec. dit Jackie, mettant sa main sur mon genou.

— Ne t'inquiète pas, marmonnai-je.

J'apprécie son soutien, mais je suis un peu gêné en même temps.

Jackie et moi ne sommes pas le genre d'amis à parler de quelque chose de sérieux qui se passe dans nos vies. Je me sens stupide de tout lui raconter.

De plus, je ne veux pas qu'il rentre chez lui et raconte à tout le monde à quel point je suis pathétique.

— C'est vraiment dommage, mec, dit Jackie, finissant son café. Je me demande si cela a quelque chose à voir avec ce qui est arrivé à son père.

Je le regarde, mes oreilles commencent à bourdonner.

— Qu'est-ce que tu racontes ? je demande

— Eh bien, c'était partout dans les journaux.

— Quoi donc ?

— Je pensais que tu savais.

— Non, je ne sais pas, putain, dis-je sèchement.

— Son père a été arrêté, dit Jackie. Ils ont même fait une marche.

Je le regarde, abasourdi.

— Une marche ? je demande

— Ouais, tu sais, quand les flics appellent spécifiquement les médias et promènent l'accusé devant la presse pour que tout le monde puisse avoir ces photos et vidéos de lui menotté avec la tête baissée.

— Oui, je sais ce qu'est une marche de l'accusé, dis-je, le pressant de continuer. Pourquoi a-t-il été arrêté ?

— Je n'en suis pas sûr, dit Jackie. Fraude, je pense. N'est-ce pas la seule chose pour laquelle l'élite riche est jamais arrêtée ?

Je secoue la tête, ne sachant pas quoi penser.

— Il y a autre chose.

— Quoi donc ? je demande

— Eh bien, le truc c'est que juste après l'arrestation, il a eu une crise cardiaque. Pendant sa détention.

3

AURORA

Il me manque plus que je ne l'aurais
jamais cru.

Non, ce n'est pas tout à fait vrai. Je savais que ça
ferait mal. Je ne savais tout simplement pas que
cela ferait autant de mal.

Mais nous nous sommes tellement habitués à être
séparés.

Ce n'est pas comme si nous vivions ensemble et
que nous étions ensemble tous les jours.
Pourtant, mon cœur crie Henry.

Je pense à lui tout le temps, presque chaque
instant de la journée, et surtout quand je devrais
penser à autre chose.

Mon père est à l'hôpital.

Mon père a été arrêté.

Mon père a eu une crise cardiaque.

Pourtant, je ne pense qu'à Henry.

Je veux le voir et je veux qu'il me prenne dans ses bras et promette que tout va bien se passer.

Lorsque nous avons rompu pour la première fois, j'ai attendu qu'il me rappelle. Je voulais qu'il répare tout et annule tout.

Mais il ne l'a pas fait.

Il m'a fait attendre.

Cela m'a mis en colère.

Quand il a finalement appelé, envoyé des SMS et rappelé, je n'ai pas répondu, non pas parce que je ne voulais pas, mais parce que je voulais qu'il souffre autant que moi.

Et puis quelque chose a changé. Après un certain temps, je n'ai pas pu me résoudre à le rappeler même si je le voulais plus que tout.

Chaque heure n'était qu'un reflet de la précédente.

J'étais en colère, blessée et triste à la fois.

Je n'ai aucun contrôle sur tout ce qui se passe dans ma vie.

Je suis perdue et tout ce que j'essaie de faire ne suffit pas.

À l'hôpital, les minutes et les heures s'écoulent à un rythme atrocement lent. Cela n'aide pas que ma mère soit toujours là, comme une sorte de Dieu malveillant qui vous surveille tout le temps, attendant que vous fassiez une erreur.

Rien de ce que je fais n'est assez bien et cela n'a jamais été aussi clair qu'aujourd'hui.

Elle déverse sa colère sur moi et il n'y a que peu que je puisse supporter. La seule fois où je m'échappe pour une promenade décontractée dans la rue et que je passe dans une librairie, pour trouver quelque chose qui puisse me distraire de ma vie de merde, je tombe sur lui.

Henry me suit.

Il ne s'en cache pas.

Il veut que je le sache.

Une grande partie de moi est heureuse, même ravie de le voir. Il m'a manqué et le simple fait d'être en sa présence est écrasant.

Henry est toujours aussi grand et magnifique, avec ses boucles noires épaisses et ses larges épaules et ce nez romain digne et ses yeux perçants.

Il est l'un des rares gars de New York qui ne semble pas savoir à quel point il est beau et le fait qu'il ne le sache pas le rend encore plus beau.

Il est discret comme les gens qui sont vraiment humbles, sans prétention et sans prendre des airs.

Quand il me suit dans une des allées, il me faut toute ma force pour ne pas courir dans ses bras. Je veux lui dire que je lui pardonne et je veux qu'on change tout.

Mais je ne peux pas.

Je ne peux rien faire avant d'avoir compris ce qui se passe avec mon père.

Je ne dis rien à la demande de ma mère. Son audace en me demandant d'épouser un homme que je déteste non seulement, mais que je méprise aussi, est ridicule, mais je devrai peut-être jouer un peu au jeu si je veux aider mon père à sortir du pétrin dans lequel il s'est plongé.

Je sais que je n'ai pas à faire ça et peut-être que ce n'est même pas ma responsabilité, mais alors qui est responsable ?

J'aime mon père, malgré tous ses défauts, et je veux l'aider de toutes les manières possibles.

Se remettre avec Henry à ce stade ne fera que compliquer les choses.

Il y a autre chose aussi.

L'autre chose que je ne peux pas me résoudre à dire à haute voix est le fait que si je devais retrouver Henry, je devrais lui parler de Franklin Parks.

Franklin n'est pas seulement le patron d'Henry, mais c'est aussi la personne qui peut aider mon père à contrer ses accusations et aider Tate Media à surmonter cette petite bosse sur la route.

Je ne connais pas les détails de tout cela et je dois faire attention à ce que je dis. Henry travaille pour lui et même si je ne pense pas qu'il me trahirait, moins il en sait mieux c'est.

Quand je pense à Franklin, ma poitrine se serre.

C'est le patron d'Henry et c'est lui qui l'a éloigné. Il m'a dit qu'il l'avait fait pour nous séparer, mais il l'a présenté comme une blague.

Était-ce une blague, ou l'a-t-il simplement dit pour que je me sente mal ?

Ou les deux ?

Alors que je m'éloigne de lui dans une rue bondée de New York, je suis entourée d'une marée de gens mais je me sens toute seule.

Je tourne à gauche et me dirige vers Central Park.

Je dois aller quelque part où je peux me vider la tête.

J'ai besoin d'un peu de nature dans ma vie pour m'aider à comprendre ce qui se passe.

Quelques heures plus tard, je rentre à l'hôpital et voit un avocat assis à côté de ma mère.

4

AURORA

Ma mère, qui a toujours été mince et fine, a maintenant l'air fragile et au moins vingt ans plus vieille qu'elle ne l'est vraiment.

Elle reste à l'hôpital depuis plusieurs jours, ne rentrant à la maison que pour se doucher et dormir quelques heures ici et là.

Son dévouement à mon père est énervant et sans fin, et je sais qu'ils ont toujours été dévoués l'un à l'autre.

J'admire cela, mais cela ne change pas ma relation compliquée avec elle.

J'ai encore des flashbacks de ce jour où elle s'est présentée à mon appartement et m'a engueulée pour tout ce qui est arrivé à mon père.

Selon elle, Franklin est l'homme le plus puissant de New York, sinon au monde, et tout ce qui se passe en ce moment, y compris l'arrestation et la crise cardiaque, est de ma faute.

Je prends une profonde inspiration en marchant sur ce sol de linoléum bruyant vers la salle d'attente avec une collection de chaises roses inconfortables, disposées pour faire face à la télévision de l'autre côté du mur.

Le son est coupé et les sous-titres sont si gros qu'ils occupent la moitié de l'écran. Ils ont également environ deux minutes de retard sur ce que disent les gens.

Je regarde un journaliste local discuter d'un incendie de maison à Staten Island, je jette un coup d'œil de temps en temps pendant que ma mère me parle.

Elle parle déjà beaucoup dans des circonstances normales, mais lorsqu'elle est nerveuse, elle parle au double de sa vitesse normale.

Elle me donne une brève mise à jour sur mon père. Il est stable mais les médecins surveillent toujours son état, quoi que cela signifie.

Elle va dans les moindres détails des termes médicaux et toutes les informations vont dans une oreille et sortent par l'autre. Je n'ai jamais été particulièrement douée en biologie et j'ai eu 8 au BAC pour le prouver.

Finalement, je tourne mon attention vers l'étranger à côté d'elle, la tête enfouie dans son téléphone. C'est un avocat, la cinquantaine avec des cheveux poivre et sel et le physique mince de quelqu'un qui aime faire du sport et courir 8 ou 10km plusieurs fois par semaine.

Est-il du genre à avoir une boisson protéinée tous les matins et à renoncer à tous les aliments transformés ? Je me demande en laissant mon esprit dériver.

Il se présente sous le nom de Timothy Bradza et me serre fermement la main. Il a un comportement calme qui me met à l'aise et je comprends pourquoi ma mère l'a engagé comme conseiller.

— Pouvez-vous s'il vous plaît dire à ma fille de quoi nous avons parlé plus tôt ? Maman demande à Timothy, détournant les yeux de moi, agacée et tapotant son ongle manucuré sur la chaise en plastique.

— Oui, bien sûr, dit-il. Eh bien, pour être honnête avec vous, Aurora, la situation est assez compliquée. Le ministère de la Justice a des arguments solides contre votre père pour corruption et fraude.

Je lui fais un signe de tête comme si je comprenais ce qu'il disait alors qu'en réalité, je peux à peine imaginer.

Non, il doit se tromper, je veux dire. Mon père ne ferait jamais ça.

Pourquoi ferait-il cela ?

C'est un multimilliardaire qui dirige l'une des sociétés médiatiques les plus prospères au monde.

Pourquoi devrait-il faire quelque chose comme ça ?

Bien sûr, je ne demande rien de tout cela. Au lieu de cela, j'attends juste qu'il continue.

— En outre, ils ont de nombreux rapports d'actionnaires et d'investisseurs qui disent qu'on leur a volé leurs investissements avec un stratagème de Ponzi et, franchement, ils veulent sa tête.

Je secoue la tête, ne voulant pas croire cela.

Je regarde ma mère, qui a l'air tout aussi abasourdie.

Le savait-elle ? Je me le demande.

— Est-ce que tout cela est vrai ? je demande à ma mère et à l'avocat.

Elle claque son visage vers le mien et s'approche si près que je peux sentir son haleine fraîche mentholée.

— Bien sûr que ce n'est pas vrai, siffle-t-elle. Comment oses-tu demander ça ?

Les poils sur mes bras se dressent.

Elle est si sûre qu'elle a soit 100% raison soit
100% tort. Une chose est sûre, quoi que ce soit
que mon père ait fait ou non, elle devait le savoir.

Le téléphone de Monsieur Bradza sonne et il
s'excuse pour prendre l'appel.

Quand nous sommes seules, ma mère me propose
un siège.

— Comment oses-tu me demander ça devant lui
? murmure-t-elle.

— Qu'est-ce que tu racontes ? je demande Je
pensais que c'était notre avocat.

— Oui, mais c'est aussi un étranger. Il n'est pas
de la famille.

Je soupire et m'assois sur la chaise.

Je ne sais pas vraiment comment répondre à cela
ni à tout ce qui se passe.

— Tu sais quelque chose ? je demande

Elle fait une pause et me regarde droit dans les
yeux. Pendant un instant, je pense qu'elle va
dire oui.

— Ton père ne ferait jamais rien de ce genre. Comment as-tu pu soupçonner ça ?

— Eh bien, les flics doivent avoir quelque chose s'ils sont entrés par effraction dans sa maison au milieu de la nuit et l'ont arrêté, non ? Je veux dire, ils n'auraient pas fait ça s'ils n'avaient rien.

Ma mère se penche vers moi et me gifle. Ma joue brûle et se déchire jusque dans mes yeux. Elle ne m'a jamais frappé auparavant et cela vient complètement de nulle part.

— Ne dis jamais ça, claqua-t-elle, pointant son doigt sur mon visage. Je m'écarte d'elle, mais elle se rapproche. Je ferme les yeux et attends qu'elle me frappe à nouveau.

— Tout est de ta faute. Ton père a été accusé, son nom a été sali dans les journaux parce que tu as repoussé ce connard.

Je la regarde avec incrédulité.

— Qu'est-ce que tu racontes ? je demande, toujours en me frottant la joue. La brûlure s'est calmée mais maintenant elle a été remplacée par une sensation de picotement inconnue comme si j'avais été échaudée par quelque chose de chaud.

— Tate Media ne s'est pas bien débrouillée avec ses investisseurs et le cours des actions a chuté comme tu le sais. Ils n'ont pas de dossier contre lui, pas vraiment, mais Franklin est en relation avec le procureur général et tout le monde d'important, même le putain de président. Donc quoi qu'il veuille faire, quel que soit le spectacle qu'il veuille mettre en place, c'est mis en scène. C'est pourquoi ils ont fait cette arrestation devant toute la presse, juste pour mettre son visage dans tous les journaux. Comme prévu, depuis l'arrestation, le cours des actions a encore chuté. Et je ne sais pas ce que nous pouvons faire pour le faire remonter.

Je m'effondre sur mon siège. Je ne sais pas vraiment quoi dire ni quoi faire. Ma mère attrape son sac Birkin posé au sol et le place sur ses genoux. Elle sort un compact et poudre son visage avant de mettre une nouvelle couche de rouge à lèvres.

— Je suis désolée de t'avoir giflée, dit-elle en se regardant dans le miroir. Je sais que tu ne voulais pas t'impliquer dans tout ça, mais maintenant tu es impliquée et je veux que tu arrêtes de te comporter comme une enfant et que tu grandisses.

Sans dire un mot, elle se lève et s'éloigne, ses talons claquant bruyamment dans le couloir. Dès qu'elle disparaît, des larmes coulent sur mon visage.

5

AURORA

J'ENTRE DANS la chambre d'hôpital de mon père et vois un homme que je ne reconnais même pas.

Quand j'étais enfant, mon père était un Dieu, grand, puissant et complètement invincible. Mais allongé là dans cette tenue d'hôpital avec l'oreiller calé derrière sa tête, il a l'air fatigué et épuisé.

Il se force à faire un sourire et j'en force un en retour. Je lui prends la main et lui demande comment il se sent. Il essaie de s'asseoir, mais il n'a pas la force.

Il semble avoir vieilli d'une décennie en quelques jours seulement.

— Je suis contente que tu te sentes mieux. dis-je en lui tapotant la main.

— Merci d'être venue, c'est bon de te voir, dit-il.

Nous ne parlons de rien de significatif et nous nous tenons juste compagnie pendant un certain temps.

Je ne me souviens pas de la dernière fois où mon père et moi avons passé du temps ensemble. Honnêtement, depuis que j'ai commencé mes études supérieures, je l'évite.

Je sais qu'il n'approuvait pas mais il a payé mes frais de scolarité quand même. C'est une université privée, et il a à peine remarqué les 40 000 $ par an, mais c'était vraiment une question de principe.

Il ne voulait pas que je "perde mon temps à poursuivre des choses qui ne contribueraient pas à mon avenir", comme il l'avait décrit.

Le fait est que pour lui, la passion et l'argent étaient alignés. Il voulait démarrer cette entreprise et il se trouve que c'était une entreprise de médias, et que les entreprises de médias gagnent de l'argent, si elles sont gérées correctement. Mais ce n'est pas du tout comme ça pour moi, et c'était quelque chose qu'il ne pouvait pas comprendre.

De temps en temps, je jette un coup d'œil à la porte de sa chambre, profondément consciente du fait qu'il y ait deux policiers stationnés juste à l'extérieur.

Cet endroit n'est pas sur écoute, les enquêteurs de mon père ont fait leur inspection quotidienne une heure avant mon arrivée. Nous pouvons parler de tout ce que nous voulons, du moins pour le moment, mais la difficulté est de lancer le sujet, c'est un peu compliqué à gérer.

— Merci d'être venue, Aurora, dit mon père, en me regardant droit dans les yeux.

Alors que tout en lui a vieilli, ses yeux sont les même.

— Bien sûr, dis-je avec un haussement d'épaules décontracté. Je suis là pour toi, quoi qu'il arrive.

Il sourit un peu et regarde par la fenêtre.

— Quoi, tu ne me crois pas ? je demande

— Non, ce n'est pas ça, dit-il en agitant la main, son corps soudainement revigoré.

— Je sais que c'est une période difficile pour toi, dit mon père. Le fait est que je sais que nous te demandons de faire une chose très difficile.

Il évite de dire les mots directement, mais nous savons tous les deux où il veut en venir.

— Dis-moi ce qui se passe, papa.

Il secoue la tête non.

— S'il te plait, j'insiste. Tu m'as caché la vérité trop longtemps.

Il secoue de nouveau la tête puis me regarde, concentrant son regard sur le mien.

— Ce n'est pas exactement ce qui s'est passé, dit-il. Tu ne te souviens pas ?

Maintenant, c'est à mon tour d'hausser les épaules et de détourner le regard.

— Tu as clairement dit que tu ne voulais pas être impliquée dans Tate Media et nous avons essayé de t'en éloigner le plus longtemps possible.

— J'apprécie ça, dis-je. Mais j'aurais préféré de loin un poste de vice-présidente plutôt que celui d'épouse du propriétaire.

— Peut-être, dit papa, essayant de se redresser. Cette fois, il réussit. Mais le fait est que tu n'étais pas impliquée plus tôt et les choses se sont passées comme elles se sont passées.

— Que se passe-t-il exactement ?

Il s'éclaircit la gorge et dit ensuite :

— Nous sommes vraiment en difficulté, ma chérie. Les choses ne vont pas bien depuis un certain temps. J'ai essayé de maintenir la compagnie à flot en disant aux investisseurs ce qu'ils voulaient entendre et en espérant que je pourrais faire bouger les choses, mais je n'ai pas eu autant de succès que je l'avais souhaité.

Il s'arrête un instant et j'attends qu'il continue.

— Franklin Parks est le seul à pouvoir nous aider, dit papa. Il a des contacts qui sont... eh bien, étonnants. Il connaît tout le monde et tout le monde lui doit quelque chose. C'est pourquoi ces accusations ont été portées si rapidement après ton refus.

— Mais que veut-il ? je demande

J'ajuste mon siège sur le bord du lit de mon père, essayant de me mettre à l'aise sans l'écraser ni aucun des tubes qui entrent et sortent de lui.

— Il te veut *toi*.

Papa et moi n'avons jamais parlé de quelque chose d'aussi privé auparavant. Je veux dire, il sait que je suis sortie avec des gars et que j'ai même été sérieuse avec quelques-uns d'entre eux, mais nous n'avons jamais vraiment discuté de ma vie amoureuse.

Je savais qu'il n'approuvait pas Henry, mais il avait gardé pour lui les détails de sa désapprobation.

C'est la première fois que nous abordons le sujet et c'est désarmant.

— Franklin Parks est un collectionneur, chérie. Il aime avoir des choses exclusives et difficiles à obtenir et uniques en leur genre. Il a construit un grand conglomérat médiatique, mais jusqu'à présent, il a principalement été dans l'espace en ligne. Il cherche à se développer et à acheter quelque chose de traditionnel, à l'ancienne. C'est pourquoi il s'intéresse à Tate.

— Alors, pourquoi ne te fait-il pas simplement une offre ?

— Il l'a fait, et c'était assez bas. Ça ne suffirait que pour nous sortir de nos dettes et ne nous laisserait pas grand-chose. Ta mère et moi n'avons pas construit cette fortune, cet empire, pour la donner, ou pire encore la vendre pour des centimes.

— Alors, pourquoi ne trouvez-vous pas un autre investisseur ? je demande

— Ne penses-tu pas que nous avons essayé ? Nous essayons depuis deux ans. Les choses empirent de plus en plus et, avec chaque rapport trimestriel, les choses semblent encore plus sombres.

— N'y a-t-il rien que vous puissiez faire ?

— J'ai manipulé un peu les bénéfices. Le tout dans un effort pour nous maintenir à flot.

Ma poitrine se serre en entendant ces mots.

Publier des rapports qui ne reflètent pas la vérité sur les profits et les pertes d'une entreprise est un péché mortel dans le monde financier. Les investisseurs s'appuient sur ces informations pour prendre des décisions concernant le cours de l'action et toutes les autres décisions d'investissement, et des PDG sont exclus depuis de nombreuses années pour avoir fait beaucoup moins.

— Alors, où dois-je entrer en jeu ? je demande

— Franklin veut que tu sois sa femme, dit mon père. Il n'y a ni surprise ni intonation dans sa voix quand il dit cela. Il le dit avec le même ton plat qu'il a utilisé jusqu'à maintenant.

Mon père est détaché, presque comme s'il n'était pas là du tout. Il est généralement un peu froid, un peu distant, mais c'est à un tout autre niveau.

— Je ne comprends pas ce qu'il attend de moi, ni pourquoi il veut même que je l'épouse. Quand je lui ai parlé, il m'a dit qu'il ne trouvait aucun intérêt au mariage.

— Je ne sais pas grand-chose de ses intentions, dit froidement mon père. Mais même s'il me les révélait, je ne lui ferais probablement pas confiance. Les gens de notre métier ont tendance à dire des choses qui ne reflètent pas vraiment la vérité.

— C'est une façon de le dire, je suis d'accord.

Il se moque bruyamment puis se racle la gorge.

— Je ne sais pas grand-chose sur Franklin, et nous avons des enquêteurs qui cherchent à en savoir plus sur lui. Mais ce qu'ils ont trouvé jusqu'à présent, c'est que tu l'as déjà rencontré quand tu avais quinze ans. Il a essayé de te parler et tu l'as ignoré.

Je secoue la tête, essayant de me rappeler quand cela aurait pu arriver.

— C'était à ton bal de débutante. Il traînait avec moi et certains de mes amis du club. Puis à un moment donné, vous avez eu une conversation.

Soudain, je me souviens du moment précis. C'était juste à l'extérieur de la salle de bal principale, et je me tenais près du mur, j'avais l'impression que j'étais sur le point d'avoir une crise de panique.

J'avais besoin d'un peu de temps pour me vider la tête et la dernière chose à laquelle je m'attendais était que quelqu'un s'approche de moi et flirte avec moi.

J'étais là avec un rencard, que je n'aimais pas particulièrement, et ce type plus âgé est venu, tout d'abord pour me féliciter. Mais il a continué à traîner et, finalement, sa convivialité est devenue un peu trop pour moi.

Il a fait une blague et a ri, touchant mon épaule puis ma taille. J'ai essayé de m'éloigner de lui, mais il n'y avait nulle part où aller.

Rien de ce qu'il a dit n'était particulièrement drôle, mais j'ai ri avec lui juste pour être gentille, comme les filles le font quand elles sont mal à l'aise.

Quand j'ai essayé de m'extirper de la situation, il ne voulait pas accepter mon refus et j'ai dû le repousser physiquement.

— Cela semble à peu près juste, dit-il lorsque je passe en revue les points forts. Il avait mentionné que tu étais la seule femme à l'avoir repoussé et c'est pourquoi il veut que tu sois sa femme.

— Que puis-je faire ? je lui demande. Je veux dire, je veux aider, mais puis-je vraiment l'épouser ?

— Non, tu ne devrais pas l'épouser, ma chérie, dit doucement mon père. Bien sûr que tu ne devrais pas l'épouser.

Je poussai un profond soupir de soulagement.

— Tu ne devrais pas l'épouser, mais seulement si tu es prête à tout perdre, ajoute mon père.

Des frissons parcourent ma colonne vertébrale et je ne sens plus le bout de mes doigts.

— Qu'est-ce que tu dis ? lui dis-je en plissant les yeux.

— J'ai besoin de ton aide, Aurora. Je ne t'ai jamais rien demandé mais maintenant j'ai besoin de ton aide. Ce n'est qu'un mariage. Ce n'est rien de grave ni de bouleversant.

Je secoue la tête, incapable de croire que mon propre père me dise ça.

— D'accord, d'accord, dit-il, levant les mains en l'air devant lui.

Il essaie de me calmer, réagissant à l'expression perplexe sur mon visage.

— Laisse-moi t'expliquer, poursuit-il. Ce que je voulais dire, c'est que c'est une grande chose que tu ferais, je le sais. Ce serait un énorme service pour moi et ta mère et cela nous aiderait énormément. Mais je ne veux pas que tu voies ça comme la fin de ta vie. Je sais que tu ne sors plus avec Henry, mais si pour une raison quelconque tu voulais toujours le revoir ou si tu rencontrais une autre personne qui te plaisait, tu pourrais, bien sûr, être avec lui.

— Même si je suis mariée ? je demande

— Allez, dit-il. Nous sommes tous des adultes ici. L'infidélité est très courante dans le mariage, même ceux qui commencent heureux. Je ne dis pas que tu ne seras pas heureuse, mais juste au cas où tu ne le serais pas...

— Je ne serais pas heureuse, j'épouserais un homme que je déteste. Ou du moins ne sais rien. La seule raison d'être de ce mariage est de sauver une entreprise avec laquelle je n'ai rien à voir.

Mon père fronce les sourcils et il se redresse. Il point son doigt sur mon visage, il plisse les yeux jusqu'à ce que ses iris disparaissent presque.

— Laisse-moi t'expliquer quelque chose, chérie, dit-il, utilisant ce mot d'affection d'une manière complètement différente. Tate Media est tout ce que je suis et c'est tout ce que ta mère est. C'est notre bébé. Nous l'avons nourri quand c'était une petite graine et maintenant c'est un putain de chêne géant. Tu n'as rien fait pour le faire grandir et nous étions d'accord avec ça. Maintenant, tu es la seule qui peut le sauver.

— Si c'est ta façon de me demander une faveur... je commence à dire.

— Je ne demande pas de faveurs, dit papa. Soit tu fais cela pour toi-même, soit tu ne le fais pas du tout. Parce que n'oublie pas qu'une fois qu'ils me jetteront en prison, ils gèleront tous nos biens, ils vendront toutes nos maisons et toi et ton frère seront laissés sans un sou. Ainsi que tous nos employés et tous les fonds de pension qui été ont investi dans l'entreprise, ils perdront tout. Mais pas de pression, tu fais ce qui te convient.

6

AURORA

Je quitte la chambre d'hôpital de mon père le cœur brisé. Quand je suis venue ici pour la première fois, j'ai pensé que nous pouvions nous parler et nous retrouver d'une façon que nous avions perdue depuis longtemps.

Je pensais que nous nous dirions quelques vérités et que nous apprendrions beaucoup l'un de l'autre.

Peut-être que ce qui m'a le plus déçu, c'est que j'ai eu exactement ce que je voulais.

J'ai découvert qui était mon vrai père et qu'il n'était pas quelqu'un que je voulais connaître.

Maintenant, je dois prendre une décision.

Outre ma mère et mon père, il y a d'autres considérations. Tate Media est une grande entreprise où travaillent de nombreuses personnes dont la vie et les salaires dépendent.

Si je dis non à cet accord, ils perdront tous leur emploi. Contrairement à eux, je n'ai pas de famille à charge et je peux supporter un travail de merde pendant un certain temps.

Et toutes ces autres personnes qui ont consacré leur vie à l'entreprise de mes parents ? Que leur arrivera-t-il ?

Encore une fois, j'aimerais pouvoir avoir Henry dans ma vie pour lui en parler. Et si pas à lui, au moins un ami proche ou quelqu'un à qui je peux faire confiance.

J'ai ma mère et Ellis, bien sûr, ainsi que tout un tas d'autres amis qui sont tout aussi déconnectés de qui je suis.

Non, je dois prendre cette décision par moi-même.

Plus tard dans la soirée, Franklin frappe à ma porte. Je l'ai invité ici pour qu'on parle. Il arrive avec un sourire et un fanfaron décontracté, le genre que les filles trouvent irrésistible.

Je déteste l'admettre, mais il n'est pas particulièrement laid, donc les choses pourraient être pires.

— Qu'est-ce que je fais ici, Aurora ? il demande.

Je suis sur la défensive dès le début. Au lieu de lui répondre tout de suite, je tourne mon attention vers le café que je suis en train de servir.

— Tu prends du lait ou du sucre ? je demande

— Les deux, dit-il en se laissant tomber sur le canapé.

Il s'étale, drapant ses bras sur le canapé, les jambes grandes ouvertes. Il n'est pas du genre à prendre le moins de place possible. Il veut que je sache qu'il se sent à l'aise et détendu.

Je me fais un café noir et sers sa tasse sur un plateau avec de la crème et du sucre. Je m'assois sur la chaise à côté du canapé. La tasse est agréable contre ma peau froide, me réchauffant de l'extérieur vers l'intérieur.

Je prends une autre longue pause avant d'ouvrir la bouche pour parler.

— Je voulais te parler des conditions de l'accord, dis-je lentement mais avec une grande assurance.

Je tremble peut-être à l'intérieur, mais je ne montre rien de cela à l'extérieur.

— Quel accord ?

— Il est venu à mon attention que tu souhaites m'épouser. Est-ce vrai ?

— Oui, dit-il en me regardant droit dans les yeux.

— Et tu es prêt à acheter Tate Media ?

— Oui.

— Y a-t-il une chance que tu envisages de faire une offre à l'entreprise qui ne m'inclut pas ?

— Non, pas à ce stade.

— Pourquoi donc ?

Franklin s'ajuste légèrement mais ne prend pas moins de place.

— J'ai besoin d'une femme et je pense que tu en ferais une bonne, dit-il avec un sourire, portant la tasse à sa bouche.

— Pourquoi ?

— Je t'aime bien.

— Tu ne sais rien de moi.

— Je sais ce que je sais. Je vois ce que je vois.

Il est énigmatique à dessein. Il ne sait rien de moi. Pas vrai ?

— Alors, quels sont exactement les termes de cet accord ? je reviens à ma question initiale.

— Je ne sais pas ce que tu veux dire, dit-il.

— Eh bien, que vais-je devoir faire ? Comment tout cela va-t-il se dérouler ?

— Comment puis-je savoir comment cela va se dérouler ? demande-t-il, posant sa tasse sur la table et se penchant plus près de moi.

— J'ai fait une offre très généreuse à ton père pour Tate Media. Il la prend et tous ses ennuis disparaissent, avec les investisseurs et les enquêteurs.

— Tu vas les payer ? je demande

— D'une certaine façon, oui. Je vais donner aux investisseurs tout ce qu'il leur doit et un peu plus et ils feront disparaître les plaintes contre lui.

— Que veux-tu en échange de toute cette générosité ?

— Toi. Je te veux à mes côtés.

Je secoue la tête. Il se penche vers moi et dit :

— Tu es intelligente, beaucoup plus intelligente que tes parents pensent. J'ai besoin d'une femme forte pour me surveiller et m'aider à faire de Tate Media ce qu'elle a le potentiel de devenir, et nous savons tous les deux que ça peut le devenir.

— C'est à dire ?

— Avec une OMS régnant sur le monde en ligne et ciblant 60% des jeunes de la génération Z, et les médias Tate contrôlant le marché de la

télévision traditionnelle, nous serions
imparables.

— Je sais ce que Tate peut t'offrir, dis-je. La
crédibilité, étant la chose numéro un. Ce que je
ne comprends pas, c'est pourquoi tu ne peux pas
simplement faire une offre à mes parents qui ne
m'inclue pas ?

— Je ne suis pas vraiment sûr, dit Franklin, se
penchant à nouveau, pliant sa jambe et
plaçant sa cheville sur son genou. Mais plus tu
résistes, et plus je te croise, plus je suis certain
que c'est la bonne décision pour moi. Tu
connais tous les tenants et aboutissants de
l'entreprise -

— Ce n'est pas vrai, je l'interromps. Je n'y
connais rien. J'y ai travaillé comme stagiaire
pendant un été et je me suis enfuie le plus vite
possible.

— Et pourquoi ça ? demande-t-il.

— À cause de mes parents. Ils contrôlaient
chaque instant de ma vie.

— Oui, j'ai moi-même réglé certains de ces problèmes à mon OMS, donc je sais ce que tu veux dire.

Il essaie de devenir mon ami.

Pour l'instant, je laisse couler.

Si je veux jouer à ce jeu et si je veux gagner, je dois en savoir autant sur lui que lui sait sur moi.

— Comment peux-tu être si certain que le procureur abandonnera les poursuites contre mon père ? je demande

— Il n'aura plus de témoins après que nous ayons remboursé tous leurs fonds prétendument volés et que nous leur ayons donné un peu d'argent.

— C'est illégal.

— La plupart des choses qui font avancer les choses sont illégales, Aurora. Je pensais que tu le savais maintenant.

Je fronce les sourcils. Je déteste la façon dont il me parle comme si j'étais un petit enfant. Ce qui est encore plus frustrant, c'est qu'il ne me prend pas au sérieux.

— As-tu un autre plan au cas où celui-ci ne
fonctionnerait pas ? je demande Les procureurs
n'ont pas tendance à laisser tomber les affaires, en
particulier les grandes qui sont dans les tabloïds.

— Pourquoi ne me laisses-tu pas gérer ça ?
suggère-t-il.

— Non, je ne peux pas. Je suis ici pour mettre au
point tous les détails de notre arrangement. Si je
dois vivre ce mariage et t'épouser, j'ai besoin de
savoir ce que j'obtiendrais de mon côté.

Franklin inspire profondément et expire encore
plus lentement.

— Il y a beaucoup d'hommes puissants qui me
doivent beaucoup de choses, dit-il après un
moment. Je vais encaisser tous mes jetons,
comme on dit, et c'est comme ça que je vais faire
disparaître les poursuites contre ton père.

Quand il me regarde dans les yeux, j'y vois un
feu qui me donne la chair de poule.

Je sais que je ne devrais pas le croire, mais je le
crois.

Quand je vais dans la cuisine pour rafraîchir nos tasses, je jette un bref coup d'œil à mon téléphone sur l'îlot de la cuisine.

Avec l'écran éteint et le logiciel caché dans une application de fitness indéfinissable, j'ai tout enregistré et sauvegardé cette conversation.

7

HENRY

Quand il y a de l'orage, j'ai du mal à sortir du lit. Les draps sont doux et j'ai l'impression de dormir sur un nuage. Ils sont tellement meilleurs que ceux de cet appartement près de mon école.

La cuisine de cette chambre d'hôtel trois étoiles est petite, mais je suis content de l'avoir. J'ai vécu dans des endroits sans cuisine auparavant et c'était toujours pénible de préparer tous mes repas au micro-ondes ou de manger des aliments de distributeurs automatiques tout le temps.

La vie de podcaster n'est pas glamour. Certains ont des studios et de gros budgets, mais pas moi.

Generation Crime avec Henry Asher est une opération très limitée et nous enregistrons la plupart de nos interviews dans des chambres d'hôtel comme celle-ci, en utilisant mon ordinateur portable et quelques micros.

C'est ainsi que j'ai commencé lorsque j'ai obtenu le poste chez Tate Media. Ils ont ajouté un peu au budget, ce qui m'a permis d'avoir un partenaire mais pas grand-chose d'autre.

Mon partenaire, Liam Kazinski, est assis en face de moi pendant que je raconte les derniers morceaux de l'épisode de cette semaine.

Cette saison, que nous avons enregistrée en un mois, se concentre sur une adolescente dont le corps a été retrouvé dans un fossé d'irrigation derrière la bibliothèque où elle aimait aller quand elle était petite. L'homme responsable de sa mort est un gars qui a fréquenté un lycée voisin qui l'a forcée à se prostituer, l'a fait fuir et a fini par la tuer.

Elizabeth Kenner venait d'une famille de la classe moyenne supérieure avec de longues racines au Kentucky.

Son père et son grand-père étaient tous deux dentistes et sa mère était une femme au foyer qui a élevé deux autres enfants.

Elizabeth était la plus âgée et dire que sa disparition et son assassinat éventuel étaient un choc pour sa famille serait un grave euphémisme.

Son père s'en est occupé en se plongeant dans son travail. Il est décédé d'une crise cardiaque deux ans plus tard, un an avant la découverte de son corps.

Avec deux petits enfants à élever, Mme Kenner a concentré son attention sur la création d'une organisation qui aide les parents des fugueurs. Voilà pourquoi elle me parle ici. Elle veut parler de la dangerosité pour les adolescents de s'enfuir, car beaucoup se retrouvent sans abri et deviennent victimes d'abus sexuels et physiques.

Je n'ai pas beaucoup d'expérience dans les interviews formelles, mais avec mon travail avec le podcast, j'ai dû tout apprendre rapidement.

Mme Kenner répond à toutes mes questions et après avoir arrêté l'enregistrement, elle nous remercie, Liam et moi, d'avoir attiré l'attention sur le cas de sa fille.

— Beaucoup de gens pensent qu'elle venait d'une mauvaise maison ou qu'elle méritait d'une manière ou d'une autre ce qui lui est arrivé, dit Mme Kenner. Mais la vérité est que personne ne mérite ça. Les adolescents s'enfuient parce qu'ils pensent que c'est romantique. Ils veulent enfreindre les règles, ils veulent être libres, et ils ne devraient pas payer de leur vie pour vouloir vivre un peu dangereusement.

Je la remercie encore d'être venue et d'avoir parlé avec moi et je la raccompagne jusqu'à la porte.

Nous l'avons invitée à rester pour dîner, un dîner glamour à emporter de chez Denny's de l'autre côté de la rue, mais elle refuse.

Elle ne veut pas se lier d'amitié avec des gens qui connaissent sa douleur la plus profonde et la plus sombre et je le comprends.

Après son départ, je demande à Liam de conclure la session d'enregistrement avant le dîner.

Nous avons tous deux faim, mais je veux mettre ce cas derrière nous et vraiment célébrer.

Non, peut-être que *célébrer* n'est pas le bon mot.

Je n'ai rien à célébrer.

La raison pour laquelle je suis de retour au Kentucky est que je fuis la vie telle que je la connais.

Mais c'est bien de mettre un point à la fin de cette phrase et c'est pourquoi je veux finir de parler de cette affaire avant le dîner.

— Quelle histoire terrible, dit Liam dans le microphone après avoir lu le script que j'ai préparé plus tôt dans la journée. Mais bien sûr, il est si important que nous la partagions afin que d'autres puissent en tirer des leçons.

— Oui, je suis totalement d'accord avec toi, dis-je. C'est l'une des raisons pour lesquelles nous faisons ce que nous faisons ici à *Generation Crime avec Henry Asher*.

À ce stade, je suis censé lire une promo pour le sponsor du podcast ; un magasin de matelas en ligne, mais je me perds dans la paperasse et je lis le mauvais script.

— Oh, merde, dis-je avec l'enregistrement toujours en cours.

Liam secoue la tête.

— Je suis désolé, mec. Je suppose que j'ai plus faim que je ne le pensais.

— Finissons-en, je meurs de faim, insiste-t-il.

Je secoue la tête non, cherchant la bonne annonce.

À un moment donné, je les ai tous imprimés, Dieu sait pourquoi, mais maintenant je fais simplement défiler le document Word où j'avais organisé toute l'histoire et je la trouve au tout début.

— Je vais refaire cette partie. j'insiste.

Nous arrivons au Denny's quinze minutes plus tard. Une serveuse familière nous accueille.

Après un mois de vie ici, elle connaît nos deux noms et nous connaissons toutes les serveuses qui travaillent ici.

Elle, c'est Maureen, elle a dix-huit ans avec des boutons d'acné et le comportement calme et décontracté de quelqu'un qui préférerait passer ses journées à penser aux dragons et au jeu d'épée plutôt qu'aux omelettes et aux pommes de terre rissolées.

Maureen est une grande fan de *The Witcher*, la dernière sensation de Netflix, et nous trois nous lions sur ce fait. Elle n'avait jamais entendu parler d'un podcast jusqu'à ce qu'elle nous rencontre et je lui ai montré comment accéder à l'application Podcast sur son iPhone.

— Je ne savais même pas que cette application existait, dit-elle. Et ils sont tous gratuits ?

— Ouais, confirmai-je. Et tous ne sont pas sur le crime. Beaucoup d'entre eux sont sur la politique et il y en a beaucoup de très bons sur diverses curiosités et histoires inhabituelles. Si tu aimes la science-fiction et la fantaisie, il y a une tonne de podcasts à ce sujet.

— Génial, je vais écouter ça, a-t-elle promis.

À l'époque, je pensais qu'elle était juste gentille, mais elle m'a surpris.

Je la vois plusieurs fois par semaine et chaque fois elle me présente un nouveau podcast fantastique dont je n'ai jamais entendu parler, qu'elle a déjà entièrement écouté.

— Tu sais, ça va me manquer de te voir chaque semaine, lui dis-je.

— Pourquoi donc ? elle demande.

— Eh bien, nous venons de faire notre dernière interview et nous rentrons bientôt à la maison.

— Oh, non, c'est dommage. Y a-t-il une chance que tu reviennes ?

— Peu probable, dis-je.

Après son départ, Liam prend une gorgée de son soda et mentionne qu'il aimerait bien que Leslie travaille ce soir.

Je ris et secoue la tête.

Leslie a vingt-sept ans, elle a deux enfants et un mari qui est allé chercher du lait une nuit et n'est jamais revenu.

Elle est assez intelligente pour ne pas en espérer trop de Liam, mais ils ont passé quelques nuits ensemble et d'après ce que j'ai entendu, ils ont tous deux passé un bon moment.

— Alors, comment ça va avec Aurora ? demande-t-il quand Maureen revient avec notre nourriture.

Je hausse les épaules et enfonce ma fourchette dans les crêpes.

— Pas terrible, dis-je. Je suis allé à New York et j'ai essayé de lui parler mais elle n'était pas intéressée,

Liam soupire fort.

Il n'est pas vraiment un homme à femmes et semble être le genre de gars qui cherche juste à trouver cette fille spéciale avec laquelle il peut passer le reste de sa vie.

Je n'étais pas comme ça avant mais maintenant je ne suis plus sûr de rien. Le seul problème est que la fille que je veux n'est pas disponible.

— Que va-t-il se passer avec Leslie ? je demande

Il hausse les épaules et prend une bouchée de ses pommes de terre rissolées.

— Je l'aime beaucoup, admet-il. Même si elle a des enfants. .

— Tu ne veux pas d'enfants ? je demande

— Non, ce n'est pas ça. C'est juste que je ne sais pas comment je serais en tant que beau-père. Mais ce n'est pas comme si tout cela importait. Elle vit ici. Elle est toujours techniquement marié -

— Son mari l'a quittée il y a dix-huit mois et elle n'a plus eu de nouvelles de lui depuis, lui fais-je remarquer. Je ne suis pas sûr qu'elle soit exactement mariée au sens traditionnel du terme.

— Peut-être, mais allez, Henry. Ce n'est pas réaliste. Je veux dire, je vis à New York. Elle vit à Louisville. Elle a deux enfants. Elle a un travail.

— Elle est serveuse, dis-je. Je n'ai rien contre les serveuses, mais je suis à peu près certain qu'elle peut aussi obtenir ce genre de poste à New York, et ça paie probablement beaucoup mieux.

— Écoute, j'aimerais lui demander de venir avec moi, mais où ? Je vis dans un studio. Quoi, est-ce qu'elle va laisser ses enfants ici ? De plus, tu sais que ses parents ne m'aiment pas.

— Putain, dis-je.

— Ce sont ses parents, ils l'aident à s'occuper des enfants et elle vit avec eux.

— Ils sont racistes, j'insiste. La seule raison pour laquelle ils n'approuvent pas, c'est parce que tu es noir.

— Peu importe, dit Liam en agitant la main. Ils sont une grande partie de sa vie et je ne sais pas si je peux combler le vide qu'ils laisseraient si elle venait avec moi.

— Écoute, dis-je en terminant la dernière de mes crêpes. Je sais que c'est une situation compliquée, mais je veux juste te dire de ne pas rater ta chance. S'il y a une chance dans ton esprit que cette fille pourrait être la bonne, je veux que tu fasses tout ce que tu peux pour que ça marche.

— C'est ça ton conseil ? Ou est-ce le conseil que tu te donnerais ? il demande.

Bien sûr, je parle d'Aurora.

Compte tenu de tout ce qui s'est passé entre nous, j'ai beaucoup de regrets.

C'est la vie.

— Tu es mon ami et je ne veux pas que tu commettes les mêmes erreurs que moi, dis-je doucement.

8

AURORA

L'intervieweuse arrive au crépuscule, juste au moment où la ville se prépare pour la soirée. C'est une femme pleine d'entrain et impatiente dans la mi-vingtaine avec une chevelure rouge qui tombe en cascade dans son dos. Elle sourit et acquiesce en prenant des notes sur tout ce que dit Franklin.

Elle est tout aussi méthodique pour noter mes mots, mais quelque chose est différent, néanmoins.

Elle sait exactement à quel point Franklin peut influencer sa carrière.

Elle veut faire bonne impression et elle veut qu'il aime cet article.

— Alors, comment vous êtes-vous rencontrés ? demande-t-elle en portant son stylo à sa bouche.

Lorsque Franklin la regarde, ses yeux s'éclairent et il la regarde de haut en bas de la façon dont les hommes évaluent les femmes dans les bars.

C'est l'homme que je vais épouser et il ne peut même pas se contenir lors de notre interview de fiançailles pour le *New York Chronicle.*

Je ne peux pas laisser ça me déranger, je décide. Il se montre poli et accessible et c'est ce que je dois faire.

Je jette un coup d'œil au vidéaste qui a sa caméra pointée sur mon visage.

— Cela vous dérange si je confirme quelques faits pour la caméra ? demande Danielle.

Nous sommes assis dans le salon de Franklin, qui est actuellement déguisé en décor parfait. Il y a des lumières partout et les meubles ont été réorganisés de sorte qu'ils soient beaux sur le film.

— Bien sûr que non, dis-je.

Elle me fait un léger signe de tête puis reporte son attention sur Franklin.

— Vous avez fréquenté l'Université de Princeton et vous êtes spécialisé en économie ? elle demande.

— Oui, avec une spécialisation en finance.

— Et avant cela, vous avez fréquenté Saint Ambroise, qui est un pensionnat ?

— Oh, non, dit-il, on retourne au lycée ?

Danielle rit.

— Eh bien, c'est une école très connue. Ils apprécieraient que je le mentionne.

— Oui, je suis sûr qu'ils apprécieraient, admet Franklin. Le problème est que je ne l'apprécierais pas.

Il la regarde sans changer son expression faciale jusqu'à ce qu'elle rît avec gêne.

— J'ai obtenu un baccalauréat en anglais du Barnard College, puis j'ai obtenu ma maîtrise et mon doctorat à Columbia.

— Comment c'était d'aller dans une école pour filles ? demande Danielle.

Je suis légèrement décontenancée par la facilité avec laquelle elle a rejeté mes années de travail post-universitaire, mais je prends une inspiration rapide et laisse passer.

— Eh bien, c'est difficile à dire, car ce n'est pas vraiment une école pour filles comme les autres. C'est juste en face de l'Université Columbia, étant leur école sœur, remontant à l'époque où Columbia était réservée aux garçons. J'ai pris un certain nombre de mes cours à Columbia, en fait, j'ai suivi la majorité de mes cours là-bas. D'ailleurs, c'est aussi en plein milieu de Manhattan. Mais je suppose que pour répondre à votre question, ce fut une bonne expérience. J'ai eu un sentiment de communauté, ce qui était vraiment sympa.

Ceci est un mensonge. Bien que j'apprécie l'école pour sa rigueur académique, je ne m'y suis pas vraiment fait d'amies.

Avec le recul, je sais que c'était de ma faute.

Je n'avais jamais été particulièrement sociable et lorsque les filles ont essayé de me parler au début de l'année, j'étais trop timide. Au bout d'un moment, elles ont cessé d'essayer.

Je me ferme en quelque sorte aux gens. Ils pensent très probablement que je suis coincée ou me croit trop bien pour eux, mais la réalité est que je ne sais pas comment me faire des amis.

En plus de cela, la charge de cours que je prenais était beaucoup trop difficile et je me sentais toujours surmenée et hors de contrôle.

Même si je ne pouvais pas étudier chaque heure de chaque jour, je restais assise dans ma chambre et tergiversais, pensant que le simple fait d'être à mon bureau était suffisant. Et quand vous êtes tellement occupée à faire semblant de travailler, vous ne pouvez pas vraiment sortir avec les autres.

— Tout va bien ? demande Danielle.

Je la regarde et me rends compte que je m'étais éloignée au milieu de la conversation.

— Oui bien sûr, je remets mon sourire en plastique en place. Je suis désolée, je me suis juste perdue à penser à quel point Franklin me rend heureuse.

Je serre sa main en disant cela et il serre la mienne.

En le regardant de l'extérieur, je ne peux même pas voir qu'il n'est pas follement amoureux.

Comment est-ce possible ?

Le monde est un jeu et nous ne sommes que des pions. C'est dans des cas comme ceux-là qu'il est si facile d'oublier la vérité.

— Eh bien, ce doit être une merveilleuse nouvelle pour votre famille, Aurora, dit Danielle. Je veux dire, étant donné tout ce qui est arrivé à votre père...

Elle ne mentionne pas directement l'arrestation ou la crise cardiaque mais elle attend que je commente quand même.

— Oui, c'est un soulagement que les accusations aient été abandonnées et que mon père aille bien. C'était une situation très stressante pour lui, c'est l'une des raisons pour lesquelles il a fait la crise cardiaque en premier lieu.

— M. Tate est maintenant chez lui au repos et il sera de retour en position de combat très bientôt, ajoute Franklin. N'oublions pas qu'il est un géant de l'industrie et qu'il faudra bien plus que cela pour le mettre hors service.

Danielle sourit, notant joyeusement la citation qui, je le sais, apparaîtra probablement quelque part en gras dans l'article, si elle n'est pas incorporée dans le titre.

Le *New York Chronicle* n'appartient pas directement à Tate Media, mais ils sont proches de l'entreprise. C'est l'une des raisons pour lesquelles ils ont obtenu cet interview en premier lieu.

Dans notre entreprise, il s'agit de faire tourner et de créer une réalité dans laquelle vous voulez vivre afin que le public le veuille également.

Et plus vous pouvez inonder le monde d'articles qui montrent à tous à quel point vous êtes merveilleux, plus vous irez loin pour obtenir ce que vous voulez.

— Je voulais aussi vous poser des questions sur l'arrestation de votre père, dit Danielle, me surprenant. Nous nous étions auparavant entendus sur ce qu'elle demanderait et ne demanderait pas directement.

Cette question est hors limites.

— Où étiez-vous quand c'est arrivé ? elle demande.

— À la maison, dis-je. Ma mère s'est présentée à ma porte très tôt le matin et m'a dit ce qui s'était passé. C'était une période vraiment effrayante parce que je ne savais pas pourquoi ils l'arrêteraient ou pourquoi tout cela se produisait.

— Oui je peux l'imaginer.

— Et qu'en est-il de quand vous avez entendu parler des accusations pour la première fois ? Qu'en avez-vous pensé ?

Mon esprit se vide.

Je ne me souviens que de ce que je ressentais en découvrant ce qui s'était passé.

Je n'étais pas vraiment dévastée pour mon père, plutôt en colère contre lui d'avoir fait tout ce qu'il avait fait pour se mettre dans cette situation.

Bien sûr, des personnes sont arrêtées chaque jour et sont totalement innocentes.

Mais j'ai le sentiment que mon père ne fait pas partie de cette catégorie.

— Elle était complètement dévastée, intervient Franklin pour m'aider, me rapprochant de lui.

Elle m'a appelé tout de suite, en larmes, poursuit-il. Et si y'a une chose à savoir sur cette fille , c'est qu'elle n'est pas du genre à pleurer facilement.

— Je ne peux qu'imaginer à quel point cela a dû être difficile pour vous, dit Danielle.

— Vous n'en savez même pas la moitié, insiste Franklin. Même maintenant, en y repensant, c'est pourquoi elle est devenue si silencieuse. C'était une situation très effrayante et une chose que nous préférons ne pas revivre.

— Oui, bien sûr, je comprends parfaitement.

— Tout ce que je peux dire, c'est que nous sommes soulagés que toutes les chefs d'accusations aient été abandonnés, déclare Franklin. Mais nous sommes très déçus par le département de police et le bureau du procureur de les avoir déposés en premier lieu.

— Certaines personnes diraient que c'est une coïncidence très étrange que les charges aient été abandonnées si rapidement après les fiançailles et votre annonce de rachat de Tate Media, fait remarquer Danielle en me regardant directement.

— Peut-être, je l'avais sous-estimée.

Je pensais qu'elle n'était qu'une fille aux grands yeux, heureuse d'écrire n'importe quelle ligne de conneries que Franklin crache, mais maintenant je vois qu'elle n'est peut-être pas si stupide après tout.

Bien sûr, je ne peux pas justifier son point de vue par une sorte de remarque affirmative.

— Ceux qui diraient cela établiraient un lien qui n'existe tout simplement pas, dis-je.

— Que voulez-vous dire ? elle demande.

— Eh bien, Franklin est un ami de la famille, nous nous sommes rencontrés, sommes tombés amoureux et il m'a demandé de l'épouser et j'ai dit oui. Rien de tout cela n'avait quoi que ce soit à voir avec ce qui est arrivé à mon père ou avec son rôle dans l'entreprise.

— Alors, c'était juste une grosse coïncidence ? elle demande.

— Une coïncidence impliquerait que les événements étaient liés d'une manière ou d'une autre et ils ne le sont pas du tout, dis-je.

— Aurora a traversé une période difficile et j'étais là pour elle et c'est au cours de cette épreuve que j'ai réalisé à quel point je voulais l'épouser, ajoute Franklin. Je ne savais pas trop ce qu'elle dirait, mais je suis éternellement reconnaissant que sa réponse ait été oui.

Danielle n'a pas l'air convaincue, mais quels que soient ses doutes, elle laisse tomber.

9

HENRY

Je regarde l'interview sur YouTube la bouche ouverte. C'est partout dans l'actualité et dans les principaux magazines de potins.

Il s'agit d'une interview sur leurs fiançailles, mais elle a des centaines de milliers de vues.

Aurora est l'héritière d'une fortune de plusieurs milliards de dollars et même si elle n'a jamais eu la notoriété de Paris Hilton, son nom représente quelque chose de très important dans la société new-yorkaise.

Franklin Parks est un chouchou des médias en ligne et le fait qu'il ait fait une offre à l'entreprise de son père et que cette offre ait été acceptée est un gros problème.

Tate Media a une base solide et une réputation inébranlable. Quels que soient les problèmes rencontrés ces derniers mois, ils ont soudainement tous été oubliés.

L'entrevue ne va pas très loin dans les rumeurs, se contentant de passer sous silence le scandale et de se concentrer sur la planification du mariage.

Comment pouvais-je ne pas savoir ? Je me demande.

J'avais travaillé avec ce gars et je n'en avais aucune idée. Franklin est mon patron et maintenant je découvre qu'il est en fait le fondateur de l'une des plus grandes sociétés de médias en ligne au monde.

Peut-être que j'aurais dû faire des recherches fondamentales, mais il n'est devenu une vraie célébrité qu'après qu'ils annoncent ses fiançailles.

Alors, que faisait-il à travailler dans mon département ? Que faisait-il en m'engageant et à me déléguer des histoires directement ?

Est-ce que tout cela était un jeu de pouvoir ?

Je secoue la tête en essayant de comprendre ce qui s'est passé.

Une partie de moi continue de penser que ce doit être une coïncidence.

Il a travaillé pour Tate Media afin de mieux se familiariser avec la façon dont ils font les choses et il a commencé un nouveau département là-bas et voulait le diriger lui-même.

Mais une autre partie de moi va dans un endroit plus sombre. Peut-être que Franklin savait qu'il voulait acheter Tate Media et il savait qu'il voulait faire d'Aurora sa femme.

Mais à ce moment-là, elle sortait avec moi et il voulait nous séparer.

Serait-ce possible ? Serait-ce la raison pour laquelle il m'a engagé et m'a envoyé en mission ?

Mais pourquoi ?

Aurait-il pu être aussi diabolique ?

D'ailleurs, pourquoi s'embêterait-il avec quelque chose comme ça ?

Il existe bien sûr une autre option. Nous avons rompu et il a bondi.

Aurora était confuse et perdue et il a profité d'elle et maintenant elle flotte sur un nouveau nuage en pensant que tout va bien se passer et qu'elle épouse la bonne personne.

— Henry ? Liam demande, marchant vers moi.

Je suis assis sur le canapé le plus inconfortable du monde, à des milliers de kilomètres de chez moi, regardant la femme que j'aime dire à un journaliste combien elle aime son fiancé.

— Quelque chose sonne faux, dis-je en retirant mon casque et en montrant l'écran. Ils viennent juste de commencer à sortir ensemble. Je veux dire, on vient juste de rompre. Comment cela pourrait-il déjà arriver ?

— D'accord, je ne veux pas être un connard, mais as-tu envisagé la possibilité que peut-être ils n'aient pas juste *commencé* à sortir ensemble ?

Je tourne la tête pour lui faire face.

— Qu'est-ce que tu racontes ?

— Réfléchis-y. Tu étais ici depuis longtemps pour couvrir différentes histoires. Vous ne parliez pas beaucoup, tu l'as dit toi-même.

— Ouais, nous dérivions, alors quoi ?

— Eh bien, as-tu déjà pensé qu'elle avait peut-être dérivé jusque dans ses bras avant de rompre ? il demande.

Je le regarde avec incrédulité.

Est-ce qu'il dit vraiment ça ?

Que veut-il dire exactement ?

Je secoue la tête et répète :

— Non, non, non encore et encore .

— Écoute, tu dois considérer la possibilité qu'elle t'ait trompé. Je veux dire, bien sûr, il est possible qu'ils se soient rencontrés et soient tombés amoureux après votre rupture, mais ils se connaissaient avant, non ?

— Et ? je demande

— Eh bien, s'il était un ami de la famille de ses parents, alors ils se sont déjà rencontrés. Ils se connaissent et qui sait ce qui s'est passé ?

Ses mots sont comme de petits coups de poignard dans mon cœur.

Chaque respiration rend les coupures de plus en plus profondes jusqu'à ce que ma poitrine se contracte et que je ne puisse plus prendre une seule respiration.

Nous regardons le reste de l'interview en silence. Je l'avais déjà regardé deux fois, mais j'augmente le volume pour que Liam puisse la voir.

En fin de compte, le journaliste évoque la méfiance de l'engagement étant si proche du moment où les accusations contre son père sont abandonnées.

Aurora nie une connexion, mais il y a quelque chose sur son visage qui me dit qu'elle ment.

Il est difficile d'expliquer ce que c'est exactement. C'est la façon dont elle bouge sa mâchoire et se réajuste sur son siège.

Malgré tout ce qui s'est passé, je connais la vraie Aurora. C'est la femme dont je suis tombé amoureux et c'est celle que je vais retrouver.

Plus tard dans la soirée, je fais les cents pas dans ma chambre d'hôtel en essayant de comprendre quoi faire. Je viens de rentrer et je ne suis pas tout à fait sûr de ce qu'elle m'a dit devant cette librairie, mais je sais que je dois lui parler à nouveau.

Je dois découvrir la vérité.

Ce serait un mensonge de dire que Liam ne m'a pas fait me demander ce qui s'est passé ou non pendant mon absence.

Je pensais qu'Aurora et moi nous éloignions à cause de la distance, mais maintenant je me demande si ce n'était pas beaucoup plus sinistre que ça.

Voyait-elle Franklin derrière mon dos ?

Me mentait-il quand je l'appelais pour parler des histoires sur lesquelles je travaillais ?

Étais-je une farce qu'ils ont partagée entre eux ?

Je ne peux probablement pas connaître les réponses à ces questions, mais elles me tiennent quand même éveillé toute la nuit.

Vers deux heures du matin, après avoir bu plus de quelques bières, je ne peux plus résister. Je l'appelle.

Je le regrette dès que je compose son numéro mais je ne raccroche pas.

Au lieu de cela, j'attends.

— Réponds, réponds s'il te plaît, je murmure seul dans le noir.

Pourquoi ne réponds-tu pas au téléphone ? je demande plus fort quand sa messagerie vocale est activée.

Je suis tenté de laisser un message, mais j'attends trop longtemps.

Avant de savoir ce que je fais, je compose à nouveau.

Cette fois, cela va directement à la messagerie vocale.

— Hé, Aurora, c'est moi, dis-je. Ma voix est tremblante et pleine de pauses. Je viens d'entendre que tu t'es fiancée, à Franklin Parks, qui plus est. Qu'est-ce qu'il se passe ?

J'attends qu'elle réponde comme si je lui parlais.

— Comment as-tu pu me faire ça ? Je pensais que nous avions quelque chose d'unique. Tu vas vraiment l'épouser ?

Je veux raccrocher et essayer de me forcer physiquement à le faire mais je ne peux pas m'empêcher de parler.

— Je t'aimais vraiment, non, ce n'est pas vrai. Je t'aime vraiment. Je ne sais pas comment tout s'est effondré si vite. Je pensais vraiment que tu serais la bonne. Je pensais qu'après avoir obtenu ton diplôme, tu déménagerais et travaillerais avec moi, ou alors je serais revenu à New York et j'aurais trouvé un travail, mais tout a déraillé. Et maintenant, tu es fiancée ? À mon patron ? Mon ami ici m'a dit que quelque chose se passait probablement entre vous avant même notre rupture. Est-ce vrai ? Je n'ai jamais pensé que tu serais du genre à me tromper, mais qu'est-ce que je sais de toi de toute façon ? Je suis juste un écrivain fauché sans un dollar à mon nom et maintenant probablement même pas de travail. Et toi ? Tu es l'héritière d'une fortune d'un milliard de dollars. Ou est-ce quelques milliards ? Qui peut compter ? Et maintenant tu vas épouser un autre milliardaire ? Alors, c'est ce qui se passait tout ce temps ? Étais-tu simplement en train de jouer avec moi ? Étais-tu juste avec moi pour énerver tes parents, pour les mettre un peu en colère ? Est-ce tout ce que nous n'avons jamais été ? Je veux te demander de me rappeler, mais je suis quasiment sûr que tu ne le feras pas. Alors laisse-moi juste dire que mes sentiments pour toi ont toujours été réels. Et si tu m'as menti et que tu m'as trompé, alors c'est ta faute. Peut-être que je me trompais sur qui tu étais depuis le début. À jamais.

Le lendemain, je reçois un appel de Franklin.
Je vois son nom sur l'écran et ma poitrine se serre.

Lui a-t-elle dit que j'avais laissé ce message ?

Que dois-je dire si c'est ça ?

Je suis tenté de répondre et de l'accuser
immédiatement d'avoir volé ma petite amie, mais
je me force à garder ma colère sous contrôle.

La seule chose que j'ai pour moi en ce moment
est ce travail et que cela me plaise ou non,
Franklin est toujours mon patron.

— Bonjour ? dis-je au téléphone.

— Hé, dit-il de sa voix pleine d'entrain. Ça fait longtemps qu'on n'a pas papoté.

— Ouais, je voulais te parler de ce dernier e-mail mais je suis vraiment occupé.

Franklin est le type de gars qui aime gérer beaucoup de choses par téléphone plutôt que par SMS ou par e-mail.

Nous parlons un peu du travail puis de la météo. Lorsque nous atteignons une accalmie dans la conversation, je soulève enfin le vrai sujet de cette conversation.

Je me demande si je devrais mais ma curiosité et mon besoin de connaître la vérité l'emportent sur moi.

— Félicitations pour tes fiançailles, dis-je, complètement à l'improviste.

— Euh, merci, bégaie-t-il. J'ai réussi à le surprendre. Comment as-tu... ? demande-t-il, laissant sa voix baisser.

— Eh bien, tu as fait cette interview avec la Chronique et j'ai vu la vidéo sur YouTube.

— Oui bien sûr.

— Ce n'est pas tous les jours qu'une héritière d'une fortune massive épouse un autre milliardaire, non ? Et maintenant, j'entends dire que tu es également en négociation pour faire une offre sur Tate Media ?

— Je suppose que certaines choses sont difficiles à garder secrètes, hein ? demande-t-il.

— Eh bien, tu sembles faire du très bon travail. Je veux dire, je ne savais pas que tu étais le fondateur d'une OMS.

— Ouais, désolé pour ça, dit Franklin. Je voulais apprendre à connaître tout le monde sans que vous sachiez qui j'étais... à la manière du Undercover Boss.

Je n'ai jamais vu cette émission, mais apparemment, c'est quelque chose que certains PDG font.

— Tu comprends, bien sûr ?

Je lui fais un léger signe de tête mais ne dis rien.

— Henry ?

— Ouais, je suis là ? dis-je rapidement. Oui, bien sûr, tu ne me dois pas d'explication.

— En fait, ce n'est pas entièrement vrai, dit Franklin avec un profond soupir. J'aurais dû te parler d'Aurora.

Ma bouche est desséchée. Je passe ma langue sur mes lèvres gercées et ne dis rien.

Soudain, mon téléphone sonne et je vois qu'il essaie de lancer FaceTime.

— Je voulais vraiment te le dire en personne, déclare Franklin après avoir cliqué sur Accepter.

Je ne veux pas le voir et tout à coup, je suis très conscient de la façon dont je suis épuisé et ébouriffé par rapport à lui avec ses cheveux parfaitement coiffés et son costume sur mesure.

Franklin tourne sur sa chaise et je vois l'étendue de l'horizon de New York derrière lui dans les fenêtres du sol au plafond qui ornent son bureau.

— Tu es l'une des meilleures personnes avec qui je travaille. J'ai l'impression que nous avons vraiment établi une connexion qui va au-delà du patron - employé, au cours de ces derniers

mois, dit Franklin en regardant dans mon
téléphone.

Je lui fais un léger signe de tête et m'assieds
contre le vieux canapé qui grince dans ma
chambre d'hôtel le long d'une autoroute
industrielle très fréquentée.

— Oui, j'apprécie cela. J'ai beaucoup aimé
travailler pour cette entreprise et j'aime vraiment
faire le podcast et travailler sur toutes ces
histoires.

— Eh bien, je veux juste que tu saches que rien
ne va changer cela. Tu fais vraiment du bon
travail et je veux que tu continues à travailler
pour nous.

Nous ne parlons toujours pas du vrai sujet de
cette conversation.

Il tourne autour, mais ne parvient pas à
l'essentiel.

— Merci, dis-je et je choisis quelque chose sur la
table basse, juste hors de vue.

Je veux parler d'Aurora mais je ne sais pas trop
quoi dire. Je ne veux pas l'attaquer directement

et l'accuser d'avoir voler ma copine parce que je
ne veux pas perdre mon emploi.

— Puis-je te demander quelque chose ? je
demande Il hoche la tête. Depuis combien de
temps sors-tu avec Aurora ?

Franklin fait une pause mais ne perd pas le
contact visuel avec moi.

— Nous nous sommes mis ensemble juste après
votre rupture.

— Combien de temps ?

— Très tôt, dit-il.

Je déteste le flou de ses réponses.

— Mais si tu penses qu'il se passait quelque
chose pendant que vous étiez encore ensemble, je
suis ici pour te dire que ce n'est pas vrai.

— Et maintenant vous êtes fiancé ?

— Eh bien, nous nous connaissions un peu avant.
Nos familles se connaissent par le biais des
affaires. Et après que nous nous soyons réunis,
c'était juste naturel. Pour nous deux.

Je prends une profonde inspiration et expire lentement.

Je ne sais pas quoi dire.

Je ne sais pas si je le crois à propos de l'infidélité car la rapidité des fiançailles semble encore un peu farfelue.

Au fond de mon âme, je sais qui est Aurora. Elle n'est pas du genre à prendre des décisions imprudentes, surtout compte tenu de tout ce qui se passe avec son père.

— J'espère vraiment que tu ne laisseras pas ce petit hoquet t'arrêter ou jeter une ombre sur notre relation de travail, dit Franklin. Peut-être que si nous étions d'autres personnes, nous aurions du mal à travailler ensemble, étant donné que tu sortais avec ma future épouse. Mais j'espère vraiment que nous sommes de meilleures personnes que cela.

— Oui, je suis d'accord, nous ne devons pas laisser cela nous gêner.

C'est bon de le garder de mon côté pour l'instant. J'ai d'autres questions, mais je dois revenir à New York pour trouver ces réponses.

Il ne sait rien de mon appel à Aurora hier soir et je me demande si elle ne lui a tout simplement pas dit ou s'il fait semblant.

L'a-t-elle même écouté ? Ou l'a-t-elle simplement supprimée sans arrière-pensée ?

— Eh bien, j'apprécie vraiment que tu m'aies appelé et que nous ayons tout mis au clair, pour ainsi dire, dis-je avec un nouveau souffle dans la voix. Et maintenant que j'en ai terminé avec le projet ici, je prévois de prendre le prochain vol pour New York. J'ai beaucoup de bonnes idées pour plus d'histoires -

— En fait, c'est de cela que je voulais te parler. Il y a une nouvelle histoire qui, je pense, pourrait t'intéresser beaucoup, mais malheureusement ce n'est pas à New York.

Je serre mon poing jusqu'à ce que mes articulations deviennent blanches.

— J'ai vraiment besoin de rentrer chez moi, dis-je. J'ai besoin de voir ma maman, je suis sûr qu'il y a beaucoup d'histoires sur lesquelles je peux me concentrer dans la région de New York.

— Oui, c'est vrai, dit Franklin. Mais c'est une histoire qui fera de toi un vrai journaliste d'investigation. Et j'ai le sentiment que si tu fais bien ton travail, ce que tu feras, j'en suis sûr, nous pourrons le soumettre pour le prix Pulitzer.

Ma bouche s'ouvre presque.

— Qu'est-ce que tu racontes ?

— Ils ont créé une nouvelle catégorie, Audio Reporting, rendant les podcasts éligibles pour les prix.

Le Pulitzer est le Saint Graal de tout le journalisme et le jury est généralement composé de journalistes distingués dans chaque catégorie qui évaluent les candidatures et prennent les décisions finales.

— Mais je ne suis pas vraiment un reporter, j'insiste.

— Tu es un bon enquêteur et tu es un bon conteur. Tu es un bon écrivain et cela fait de toi un bon journaliste. Ton podcast est de super qualité et travailler sur cette nouvelle histoire te mettra au sommet, dit Franklin.

Je ne suis pas si sûr mais je garde mes doutes pour moi.

— C'est une très grande histoire, Henry. Veux-tu en savoir plus ou non ?

Je lui fais un léger signe de tête.

— Cela s'est produit dans le Dakota du Nord et implique l'industrie de la fracturation hydraulique. Tu te souviens quand ils ont eu le boom pétrolier là-bas et ont essentiellement bâti une économie à partir de rien en quelques années ? Des centaines de milliers de jeunes hommes s'y sont installés pour trouver du travail. Les maisons qui coûtaient vingt mille dollars coûtaient soudainement un demi-million et les loyers étaient similaires à ce qu'ils sont à Manhattan. Les travailleurs dormaient dans des voitures où ils le pouvaient, juste pour gagner des salaires à six chiffres qu'ils ne pourraient jamais gagner ailleurs.

— Oui, je connais un peu ce qui s'est passé. Mais ensuite, les prix du gaz ont chuté et tout s'est effondré.

— Eh bien, tout ce qui monte doit descendre, non ?

— Je suppose, dis-je sans grand enthousiasme. Alors, quel est l'angle d'attaque, exactement ? je demande Il y a déjà des milliers d'histoires sur l'industrie du gaz au Dakota du Nord.

— Calme-toi ? Franklin rit. Oui, tu as raison, il y a beaucoup d'histoires sur la montée et la chute Du gaz de schiste. Mais la chose sur laquelle je veux que tu te concentres est ce qui est arrivé à une adolescente qui est allée là-bas avec son petit ami. Il a obtenu un emploi dans une usine, ils étaient tous les deux du Tennessee, quelque part dans les Appalaches où il n'y avait pas d'emplois et pas de perspectives. Ils ont entendu parler de ce qui se passait et ils ont décidé de tenter leur chance. Cela a fonctionné pour lui, un peu, mais pas tant pour elle.

— Qu'est-il arrivé ? je demande

— Son corps a été retrouvé dans un fossé non loin de leur appartement. Les autorités pensaient que c'était lui qui l'avait tuée mais n'ont jamais obtenu suffisamment de preuves.

— C'est toujours le petit ami ou un mari, non ? je demande D'ailleurs, qu'est-ce qui te fait penser que je serai en mesure de découvrir tout ce que la police n'a pas trouvé ?

— Je ne sais pas ce que tu pourras trouver, dit Franklin. Exactement. Je veux que tu écrives ton enquête et que tu fasses le podcast pendant que tu enquêtes sur l'histoire. Nous ne connaissons pas la réponse, mais les lecteurs et les auditeurs sont là pour partir en voyage avec nous.

— Mais je ne suis pas un enquêteur, dis-je après un moment. Si je fais ça, et c'est un gros si, j'aurai besoin de plus d'aide.

— Bien sûr, tout ce dont tu as besoin.

J'y pense pendant un moment.

Ce serait un mensonge de dire que je ne suis pas intéressé par l'histoire, mais j'ai aussi autre chose en tête.

— J'aurais besoin d'un vrai détective privé, dis-je après un moment.

Il y a une pause à l'autre bout.

— Liam est formidable, et nous travaillons très bien ensemble, mais aucun de nous ne sait vraiment quoi que ce soit sur les enquêtes. Je connais quelqu'un qui était flic de chez moi et qui travaille maintenant comme détective privé. Il serait génial.

J'entends Franklin penser, alors j'ajoute :

— Il ne facture pas très cher.

— Alors ça, ça me plait, dit Franklin.

11

AURORA

Je me tiens au milieu d'une boutique de mariage de la Cinquième Avenue avec des larmes qui coulent sur mes joues.

Je suis vêtue d'une grande robe soyeuse avec une longue traîne qui nécessite au moins trois personnes pour la porter. Voici la robe que ma mère a choisie.

Elle est assise sur le canapé moelleux juste derrière moi avec le plus grand sourire que j'ai jamais vu.

Ellis et quelques-uns de mes autres amies de l'école sont avec elle, tous se tenant par la main et riant d'excitation.

Elles pensent que mes larmes sont des larmes de bonheur, mais ce n'est vraiment pas le cas.

— Tu es magnifique, s'exclame maman en s'essuyant le coin de l'œil avec un mouchoir.

J'avais essayé quatre autres robes et réussi à contrôler mes sentiments et mes émotions.

Je n'ai pas l'impression que c'est la bonne pas plus que je ne le ressentais pour les autres robes. La seule chose qui est différente, c'est que j'ai été assez stupide pour réécouter la messagerie vocale d'Henry pendant que j'étais dans le vestiaire.

Il m'a laissé un long message détaillé au milieu de la nuit, et je l'ai réécouté plusieurs fois par jour depuis. Je veux le rappeler plus que tout et lui dire ce qui se passe vraiment, mais je ne pense pas que je serai en mesure de continuer s'il connaît la vérité.

Et pour sauver la vie de mon père et pour sauver l'héritage de ma famille, c'est la seule façon de le faire.

Je ne sais pas pourquoi j'ai pris mon téléphone juste après avoir mis cette robe de mariée.

Une partie de moi voulait juste entendre à nouveau la voix d'Henry.

Une autre partie de moi voulait se sentir plus proche de lui pendant que j'essayais une robe de mariée.

C'est difficile à expliquer exactement, mais c'est lui qui devrait m'attendre à l'église, pas Franklin Parks.

— Cette robe est magnifique, chérie, mais je pense que nous devrions plutôt essayer l'une des plus amincissantes, dit maman.

— Bien sûr, peu importe, dis-je en descendant du piédestal.

— Tu n'es pas d'accord ? demande-t-elle.

— Si, si.

C'est l'une des manières subtiles que ma mère a de me dire que j'ai pris quelques kilos. Toutes les filles assises sur le canapé en face de moi sont grandes, minces et élégantes.

Elles sont tout ce que je ne suis pas et probablement tout ce que je ne serai jamais.

Et vous savez quoi ? Ça me va.

Je n'ai peut-être pas le corps parfait, mais je suis malade et fatiguée de le détester. Parfois, vous atteignez le point où vous ne pouvez plus vous haïr. Parfois, vous réalisez que vous devriez peut-être plutôt vous en remercier.

Au lieu de me concentrer sur la taille de mes hanches, je devrais être reconnaissante de pouvoir courir, marcher et sauter. Je devrais être heureuse de pouvoir faire toutes ces choses sans douleur et que mon corps fonctionne exactement comme il se doit.

Je vis avec la perception de ma mère et la perception que le monde a de moi depuis trop longtemps.

Je n'ai pas besoin de ressembler à quelqu'un d'autre, j'ai juste besoin de me retrouver dans mon corps.

De plus, je n'ai pas besoin de m'excuser pour mon apparence.

Quand je rentre dans le vestiaire, j'enlève ma robe et regarde mon corps. La lumière ici n'est pas agressive et directement au-dessus de moi comme d'habitude dans ces cabines.

Elle est douce et accueillante et le miroir est incliné au meilleur angle possible. Tout cela est fait pour que les femmes se sentent plus attirantes, plus belles. Et ça fonctionne.

Mon estomac que je trouvais si terrible, est relativement mince. Il y a des courbes, bien sûr, mais même elles sont séduisantes.

Est-ce ainsi qu'Henry me voit ? Ou plutôt, est-ce ainsi qu'il me voyait ?

Il aimait mon corps plus que quiconque et plus que je ne pensais que quelqu'un pouvait.

Un coup tranquille à la porte me fait sursauter.

— Aurora ? demande la femme de l'autre côté d'une voix douce.

— Qui est-ce ?

— C'est Karlie, dit-elle. Karlie Renton.

Je secoue la tête non et ouvre la porte. Ensuite, je me retrouve face à face avec une fille que je n'ai pas vue depuis le collège.

— Oh mon Dieu, je murmure. Est-ce vraiment toi ?

J'enroule mes bras autour d'elle et je l'attire dans le vestiaire.

— Que fais-tu ici ? Je demande, me couvrant rapidement du peignoir de soie qu'ils m'ont donné à porter entre les changements de robes.

— Je travaille ici maintenant, dit-elle.

La femme qui se tient devant moi a maintenant des cheveux châtains coupés aux épaules, coiffés en vagues, et un teint bronzé.

À l'époque où nous nous connaissions, elle était une petite fille de treize ans aux cheveux noirs teints, à la peau blanche poudrée et aux lèvres sombres. Elle n'était pas exactement gothique mais bien en chemin de le devenir.

— À quand remonte la dernière fois que nous nous sommes vues ? je demande

— Il y a dix ans, je suppose. Peut-être plus. J'ai déménagé l'été avant la 3e.

— En Floride, non ?

— Miami, dit-elle. Mes parents ont vendu leur entreprise et ont pris leur retraite. C'était leur rêve d'y vivre à plein temps.

— Alors, qu'est-ce qui t'a ramené ici ?

— Eh bien, pour dire la vérité, je dirais une rupture.

— Vraiment ?

— Ouais, d'accord, ne le prends pas mal mais je suis en train de traverser quelque chose.

— Quoi donc ? je demande

— J'étais dans cette relation vraiment malsaine depuis environ quatre ans et j'ai finalement rompu avec lui et depuis j'ai décidé d'être plus honnête avec moi-même et avec mon entourage. C'est pourquoi lorsque tu as demandé ce que je faisais ici, je n'ai pas menti sur mon travail comme j'aurais fait il y a quelques mois avec une excuse stupide. Non, j'ai déménagé ici pour m'éloigner de la vie telle que je la connaissais.

Je regarde ses yeux grands ouverts et son attitude modeste.

Je pense que je n'ai jamais admiré qui que ce soit plus que je ne l'admire en ce moment.

Il n'y a rien à dire. Au lieu de cela, j'enroule fermement mes bras autour d'elle.

— Voulez-vous essayer la prochaine robe ? demande une femme par la porte, me faisant sursauter. Votre mère a dit qu'elle ne pouvait pas rester beaucoup plus longtemps.

12

AURORA

JE NE SAIS PAS POURQUOI Karlie et moi nous sommes éloignées. En fait, il ne s'est rien passé. Nous étions amies en cours de mathématiques parce que nous étions toutes les deux très bonnes dans ce domaine et le professeur nous associait toujours. Quand nous avons découvert que nous aimions le même garçon, nous avons promis qu'aucune de nous ne sortirait avec lui s'il le demandait et nous avons tenu cette promesse.

Et puis un jour, elle est venue et m'a dit qu'elle déménageait pendant les vacances de printemps. Ses parents n'ont même pas attendu la fin de l'année.

Nous avons promis de rester en contact, mais vous savez ce que c'est, les amitiés à longue distance, tout comme les relations à longue distance, durent rarement.

Pendant le déjeuner après mes essayages, Karlie me dit que ses parents voulaient déménager là-bas après la retraite de son père. Du moins, c'est ce que son père lui a dit à elle et à sa mère ce printemps-là.

Mais juste avant son diplôme, elle a découvert la vérité.

Son père voulait déménager là-bas parce qu'il avait commencé à voir une femme à Miami, qu'il avait rencontrée lors d'un voyage d'affaires, et cette femme était enceinte et attendait son enfant.

Karlie n'a rencontré sa sœur qu'à l'âge de presque trois ans, lorsque son père a demandé le divorce et emménagé avec sa petite amie.

— Cela m'a vraiment dérangé, dit Karlie, en buvant une gorgée de son vin. Je veux dire, je ne pouvais pas faire confiance aux hommes pendant longtemps, et c'est à ce moment-là que je devais sortir et rencontrer beaucoup de garçons. Tu sais, à l'université...

— Où es-tu allée ? je demande

— Université de Floride.

Je lui fais un léger signe de tête, qu'elle prend pour jugement.

— J'étais enfant boursière si tu te souviens. Mes parents n'ont jamais vraiment eu beaucoup d'argent. Je veux dire, mon père a vendu une assurance, donc nous étions à l'aise mais pas comme tous les autres enfants de notre école. Et quand il s'agissait d'économiser pour l'université, il ne le faisait pas vraiment. Il avait une très mauvaise addiction au jeu.

— L'Université de Floride est une très bonne école, je la réaffirme.

— Je sais que c'est ce que tu penses, mais ce n'est pas ce que dirait ton amie Ellis.

— Oh, son avis à elle compte-il vraiment ?

— Oui, dit Karlie. Sinon, pourquoi serait-elle à tes essayages ?

Je hausse les épaules et regarde mon assiette. Mes joues rougissent d'embarras.

— Ce n'est pas vraiment mon amie, dis-je après un moment. C'est juste quelqu'un avec qui je suis amie depuis longtemps et c'est comme ça que ça a toujours été. Je ne sais pas, c'est difficile à expliquer. Nos parents sont amis et nous avons tous ces autres amis en commun...

Je laisse ma voix filer.

Après un moment, je la regarde.

Je ne sais pas si elle me juge, mais je me juge moi-même.

Pourquoi suis-je amie avec quelqu'un que je n'aime pas vraiment ? Je me demande.

— Quoi qu'il en soit, je ne veux pas te faire te sentir mal, dit Karlie. Je suis sûre qu'Ellis a beaucoup de qualités.

Sa voix est trempée de sarcasme.

— Elle était vraiment méchante avec toi, j'avoue. Je suis vraiment désolée.

— Pourquoi ? demande Karlie. Tu n'as rien fait
de mal, toi.

— Je sais, je me sens juste merdique. J'aurais dû
l'arrêter. J'aurais dû te défendre davantage.

Nous nous asseyons tranquillement pendant
quelques instants en repensant à cette époque
horrible appelée collège où toute votre vie semble
être à la fois accélérée et freinée en même temps.

Chaque petit moment est super chargé, chaque
petite interaction avec un ami ou un ennemi,
faisait passer le temps à la fois incroyablement
rapidement et lentement.

Ellis était un tyran.

Il n'y a pas d'autre mot. Elle traitait tout le monde
comme de la saleté sous ses talons à mille dollars,
en particulier les enfants boursiers.

Elle était l'une des filles les plus populaires à
l'école et c'est en partie parce qu''elle était
tellement coincée.

Alors que tout le monde essayait désespérément
de trouver un groupe à intégrer, une clique
d'amis où ils pourraient être eux-mêmes, Ellis se

promenait avec le nez en l'air comme si rien de tout cela n'avait d'importance.

Elle était au-dessus de tout ça, et c'est pour ça que tout le monde voulait être amie avec elle.

Le truc, c'est que ça a marché. Tout le monde voulait être amie avec elle parce qu'elle était ce but inaccessible.

L'un des points forts d'Ellis était de trouver la chose qui vous préoccupait le plus et de se concentrer dessus pour vous faire vous sentir merdique.

Avec Karlie et d'autres étudiants bénéficiant d'une aide financière, elle se moquait de leurs vêtements, de leur maquillage et de leurs cheveux.

Si vous lui résistiez, comme l'a fait Karlie, cela ne faisait qu'empirer les choses.

— Elle s'est moquée de moi pour beaucoup de choses, dit Karlie, mais ce sont les blagues qu'elle a faites sur mon poids qui me font le plus mal. Je ne peux pas contrôler le fait que toutes mes hormones étaient hors de contrôle et tout ce que je voulais faire était de manger tout le temps. Mon poids était l'un de mes plus gros démons et elle m'a fait me sentir cent fois plus mal.

— Je suis vraiment désolée, je murmure, ne sachant pas quoi dire d'autre.

— Elle l'a encore fait aujourd'hui, dit Karlie.

Je la regarde, fronçant les sourcils.

— Qu'est-ce que tu racontes ? je demande

— C'est comme ça que j'ai découvert que tu étais ici. Je l'ai vue et j'ai espéré qu'elle ne me remarquerait pas, ou du moins ne me reconnaîtrait pas, mais malheureusement, elle m'a vue. Elle m'a fait un câlin comme si nous étions de vieilles amies et m'a demandé plein de choses sur ma vie. Et elle m'a dit que tu étais dans le vestiaire.

— Elle t'a dit quelque chose ? je demande

— Eh bien, elle n'était pas aussi directe qu'avant. Mais dès que je me suis éloignée et qu'elle a pensé que j'étais hors de portée de voix, je l'ai entendue dire à tout le monde à quel point j'étais grosse et combien il était malheureux de ne pas vraiment maîtriser son poids'.

— Oh, non, je murmure. Je suis vraiment désolée.

Quand je regarde ses yeux, je me rends compte qu'il y a plus.

— Quoi d'autre ? je demande

— Rien, ça n'a pas d'importance.

— Que s'est-il passé d'autre ?

— J'ai entendu ta mère mentionner quelque chose, dit-elle à contrecœur.

Je plie mes doigts dans ma paume et j'appuie jusqu'à ce que ça fasse mal.

— Qu'a-t-elle dit ? je demande en me raclant la gorge.

— Elle a dit que je serais jolie si je perdais tout ce poids.

— Je suis tellement, tellement désolée, dis-je en mettant mon bras autour de son épaule.

— Je ne sais pas pourquoi je te dis tout ça. Tu dois penser que je suis une idiote. Je veux dire, nous étions amies il y a longtemps, mais tu ne me connais même pas.

Je prends une profonde inspiration.

— Karlie, dis-je lentement, en analysant mes mots. Le fait est que je n'ai pas d'amis. C'est tellement stupide à dire à haute voix parce que j'ai toutes ces personnes autour de moi mais je n'ai pas d'amis. Et tu es la première personne à avoir été honnête avec moi sur, eh bien, sur quoi que ce soit.

— Je pensais que tu serais fâchée que je dise ça à propos de ta mère, admet Karlie.

— Peut-être que je devrais l'être. Mais je sais que c'est exactement le genre de chose qu'elle dirait.

Nous nous tenons quelques instants.

— Alors pourquoi tu me l'as dit ? je demande

— Je ne sais pas, je suppose que j'avais envie d'en parler. Peut-être que je voulais voir qui tu es vraiment. Je veux dire, nous nous retrouvons et nous amusons, mais je ne te connais pas vraiment. Je pensais que tu deviendrais folle de rage et que tu me repousserais.

— Je suis contente que tu me l'aies dit, dis-je doucement.

Je prends une gorgée de mon vin et le laisse s'attarder dans ma bouche pendant quelques instants.

— C'est la première conversation honnête que j'ai eue depuis très longtemps. Depuis ma rupture avec... Henry.

— Henry ? Qui est Henry ?

— C'est mon ex-petit ami. Non, il est plus que ça. C'est un homme que je pensais que j'allais épouser.

— Mais tu épouses Franklin Parks, non ?

— Oui, nous sommes fiancés.

Karlie continue de me poser plus de questions sur Franklin et Henry, des questions auxquelles je ne peux pas répondre honnêtement. Étant donné son honnêteté avec moi, je ne veux pas mentir.

— Depuis combien de temps sortez-vous ensemble ? elle demande.

— Environ un mois, dis-je.

C'est la vérité sur le papier, mais techniquement c'est un mensonge. Nous ne sortons pas du tout ensemble. Mais je ne la connais pas assez bien pour lui dire tout de suite.

— Un mois ne semble pas être très long, mais ta mère et tes amies semblent vraiment excitées pour toi.

— Tout ce qui compte pour Ellis, c'est le fait que j'épouse quelqu'un de si important.

— Et pour ta mère ?

Je déglutis difficilement puis je prends une profonde inspiration.

— Je ne peux pas tout te dire maintenant, dis-je. Il se passe beaucoup de choses et beaucoup de choses qui échappent à mon contrôle. Mais je ne veux pas t'induire en erreur et je ne veux pas te mentir parce que je n'ai pas parlé comme ça avec qui que ce soit depuis longtemps et je ne veux pas perdre ça.

— D'accord, dit-elle lentement. Je pense que je peux comprendre cela.

Je laisse échapper un soupir de soulagement, pensant que la conversation était enfin terminée. Mais alors elle se tourne vers moi et prend ma main dans la sienne.

— Je veux juste que tu saches que tu n'as pas à l'épouser. Tu ne devrais pas avoir à épouser quelqu'un que tu n'aimes pas. Et peu importe la planification du mariage, peu importe que tu aies déjà dépensé 85 000 $ pour la robe de mariée.

Je prends une profonde inspiration et expire.

Je voulais que quelqu'un dise ça à voix haute juste pour savoir que je ne suis pas folle de penser ça.

Mais elle ne connaît pas les détails.

Elle ne connaît pas les conditions de cette union ni le fait que je n'ai pas vraiment le choix.

KARLIE et moi passons tout l'après-midi
ensemble et, après, je l'invite à dîner dans mon
appartement. Elle n'est pas censée rester
longtemps mais nous finissons par parler et rire
tard dans la nuit.

C'est comme si aucun temps ne s'était écoulé.
C'est comme si nous redevenions ces petites filles
idiotes sans le moindre souci au monde.

Quelques fois au cours de la soirée, je suis tentée
de lui dire la vérité, mais je me mords la langue et
m'arrête.

Ce n'est pas que je ne lui fasse pas confiance.

C'est plus que ça.

Je ne me fais pas confiance.

Je ne sais pas dans quoi je m'embarque avec ce mariage et je ne sais pas ce que je devrai faire pour m'en sortir. Le but en ce moment est que je l'épouse en échange du rachat de l'entreprise et de la vie de mon père, le garder hors de prison et qui sait quoi d'autre.

Mais je ne compte pas rester longtemps dans ce mariage.

J'ai considéré le fait qu'il peut être plus facile de ne pas l'épouser du tout, mais la pression est trop forte en ce moment.

Il y a des autorités qui examinent les relations de mon père et j'ai besoin qu'elles s'arrêtent.

Franklin a rendu cela possible pour l'instant.

Je veux aussi que la santé de mon père s'améliore. Et puis quand les choses se calmeront, c'est là que je vais m'échapper.

C'est du moins le plan.

Je ne peux rien dire à Karlie parce que moins il y a de gens qui connaissent la vraie raison pour laquelle j'épouse Franklin, mieux c'est.

— Je sais que nous n'avons pas beaucoup parlé de ton mariage... , dit Karlie lorsque nous ouvrons une troisième bouteille de vin. Et je vais totalement respecter le fait que tu ne peux pas tout me dire à ce sujet, mais pourquoi ne me parles-tu pas un peu d'Henry ?

Le son de son nom ferme ma gorge.

Je regarde mes doigts et mes ongles.

— Que veux-tu savoir ? je demande

— Tout ce que tu veux me dire.

— Je ne sais pas où commencer.

— Qui est-il ? demande-t-elle.

— C'est un écrivain, dis-je. Lorsque nous nous sommes rencontrés, il travaillait sur le bateau de mon père, en tant que membre d'équipage. Mais il était professeur d'anglais pendant l'année scolaire dans une école défavorisée. Ensuite, ils ont ouvert une nouvelle division à la Tate Media et mon père lui a offert un emploi là-bas. Il est maintenant la voix d'un podcast très populaire.

— Vraiment ? Lequel ? J'adore les podcasts. Surtout les podcasts criminels.

— Eh bien, tu connais peut-être celui-ci. Ça s'appelle *Generation Crime avec Henry Asher*.

— Oh mon Dieu ! Tu es sortie avec Henry Asher ?

Je hausse les épaules.

— Ouais, alors quoi ?

— Sais-tu à quel point il est célèbre ?

— Non, pas vraiment.

— Dans les véritables cercles d'amateur de podcasts criminels en ligne, Henry est un Dieu.

Je ris. Cela me fait vraiment plaisir. J'ai toujours su qu'Henry était vraiment talentueux et était un grand conteur et je suis vraiment contente qu'il ait trouvé sa niche.

— Son travail est en quelque sorte la raison pour laquelle les choses se sont effondrées entre nous.

Il voyageait tout le temps et nous n'étions pas très bien connectés, puis un jour nous avons en quelque sorte rompu.

— Pourquoi ne vous êtes-vous pas remis ensemble ? demande Karlie.

— J'étais en colère contre lui. Il a raté ma remise de diplôme et nous étions sur ces différents plans. Il n'arrêtait pas de m'appeler et de m'appeler et d'essayer de se faire pardonner et j'étais vraiment en colère contre lui. Et puis tout ce qui s'est passé avec mon père et Franklin a mis fin à tout cela.

— Qu'est-ce que tu racontes ?

Oh, merde. J'en ai trop dit.

— Eh bien, mon père a eu une crise cardiaque et il a été arrêté.

— Oui. Je l'ai vu aux informations. Mais ensuite, ils ont abandonné les charges ?

— Oui.

— Est-ce que ça a un rapport avec Franklin ? demande Karlie après un moment.

— En quelque sorte, j'admets.

— Eh bien, il a d'assez bonne connexions.

— Que veux-tu dire par là ? je demande

— Rien en particulier, sauf que sa famille a beaucoup d'amis au ministère de la Justice, du moins c'est ce que tous les articles de journaux insinuent.

Je déglutis difficilement.

— Je suis désolée, je ne voulais pas t'offenser, dit Karlie, ayant mal interprété mon appréhension.

— Oh, non, ce n'est pas ça. Je veux dire, je ne sais pas vraiment dans quelle mesure son père a été impliqué dans l'affaire ou quoi que ce soit d'autre, en fait je ne l'ai même jamais rencontré.

— Oh, dit-elle, surprise. Et tu vas épouser son fils ?

— Écoute, je l'ai déjà dit, mais je pense que je vais me répéter. Je ne peux vraiment pas entrer dans les détails de ce qui se passe.

Merde, je me dis. Je n'aurais pas dû le formuler ainsi. Je veux dire, qui diable dit ça de leur futur mari ?

Karlie part peu de temps après s'être excusée abondamment pour toute offense qu'elle aurait pu causer.

Elle pense que je suis en colère, mais je ne le suis pas.

Je suis juste désolée de ne pas pouvoir lui dire la vérité.

Je suis désolée de devoir garder ce secret pour moi alors que tout ce que je veux vraiment faire, c'est lui donner tous les détails et lui demander de m'aider à comprendre.

14

AURORA

Je me sens un peu bizarre de la façon dont nous laissons les choses mais je décide de ne pas l'appeler avant demain.

Au lieu de cela, je me concentre sur les bonnes choses.

Tout ce temps que nous eussions perdu semble ne semble n'avoir jamais avoir existé et nous reprenons exactement là où nous nous sommes arrêtées.

J'aurais aimé lui en dire plus sur Henry, mais notre rupture est tellement liée à mes fiançailles avec Franklin que je me suis arrêtée.

Qu'aurais-je dit si je le pouvais ? Je me demande.

Aurais-je dit qu'il était l'amour de ma vie et que je pense à lui tous les jours ?

Lui aurais-je dit que je pensais que ce ne serait qu'une nouvelle rupture, mais chaque jour qui passe la douleur que je ressens est en quelque sorte pire que celle de la veille ?

Non bien sûr que non.

Je ne pouvais rien lui dire parce que je n'aurais alors aucun moyen d'expliquer pourquoi j'épouse l'homme auquel je suis fiancée.

Je décroche mon téléphone, bien consciente du fait que je ne fais ça qu'à cause de tout le vin que j'ai bu. Pourtant, je ne peux pas empêcher mes doigts de trouver son nom dans les contacts.

Il répond à la première sonnerie.

— Aurora ? demande-t-il groggy.

Quand je ne réponds pas, il s'éclaircit la gorge et dit à nouveau mon nom.

— Salut, je murmure.

Ce n'est pas que je ne veux pas lui parler, c'est que ça me fait vraiment mal au cœur de le faire.

— Tu es là ? demande-t-il.

Sa voix est forte mais gentille et tout ce que je veux faire, c'est lui dire combien je l'aime.

— Oui, je suis là, dis-je doucement.

Soudain, mon téléphone sonne. Je baisse les yeux et vois qu'il essaie de me parler en FaceTime.

Mon cœur descend puis monte rapidement dans ma poitrine.

Mes mains commencent à trembler lorsque j'appuie sur le bouton Accepter.

— Qu'est-ce que tu fais ? je lui demande. — Et si Franklin était là ?

— Alors tu ne m'aurais pas appelé, dit Henry avec confiance.

Il tient le téléphone un peu loin de son visage et je vois la façon dont il lance ses cheveux pendant qu'il parle. Quelques mèches tombent dans ses yeux et je ne peux m'empêcher de me lécher les lèvres en regardant son magnifique visage.

— Tu es magnifique, dit-il, me regardant droit dans les yeux.

Je lui fais un léger signe de tête, craignant que si je le regarde assez longtemps, je risque de perdre toute capacité de penser.

— Merci, tu as l'air plutôt en forme toi aussi.

Il ne dit rien pendant un instant, puis un autre.

Je ne dis rien non plus.

Au lieu de cela, nous regardons simplement comme deux personnes qui ne se sont pas regardées depuis très longtemps.

— Tu me manques, je lâche. Les mots semblent sortir de moi.

Ses iris se déplacent d'un côté à l'autre alors qu'il se rapproche du téléphone. En regardant dans ses yeux, je vois une forme de larme quelque part au fond de son œil.

— Tu me manques aussi, dit-il en se mordant la lèvre inférieure.

— Je suis désolée, je n'aurais pas dû dire ça.

— Non, c'est exactement ce que tu aurais dû dire. Qu'est-ce qui nous est arrivé ? demande-t-il. Je pensais que nous serions ensemble pour toujours. Je pensais que tu serais la femme que j'épouserais.

Je le pensais aussi, me dis-je silencieusement. Je veux que ce soit toi plus que je ne l'ai jamais voulu.

— Les relations sont compliquées, dis-je en me raclant la gorge.

Je dis ça pour le laisser tomber doucement, mais tout ce que je vois c'est la douleur sur son visage.

— Quand as-tu commencé à sortir avec lui ? demande-t-il après un moment.

Je prends une profonde inspiration, je ne réponds pas. Je ne sais pas comment.

— Tu dois me le dire, insiste-t-il.

Veux-tu que je mente ? Je lui demande en silence.

— Pourquoi t'es-tu fiancée si vite ? demande Henry.

Il pose sa tête dans sa paume et me regarde.

Il mérite de connaître la vérité, mais pas la vraie vérité.

Mais si je lui disais ce qui se passe vraiment ? Peut-être qu'il pourrait m'aider ?

Cette pensée et une centaine d'autres semblables à celle-ci me traversent.

Je veux qu'il sache la vérité plus que tout et pourtant je ne peux pas me résoudre à lui dire. Pourquoi ?

Si Henry le savait, je ne pourrais pas continuer. Je ne pourrais pas épouser Franklin. Et je dois le faire, sinon, je perds tout.

— Parle-moi de ton travail. J'essaye de changer de sujet.

— Non, parle-moi de ton fiancé, insiste-t-il.

— Je ne veux pas en parler.

— Je ne veux pas que tu l'épouses.

— Je le sais et je suis désolée. Mais c'est exactement ce qui va se produire.

— Tu l'aimes ?

Je suis surprise par cette ligne de
questionnement, avec lui dansant si près de la
vérité.

— Bien sûr, je l'aime, dis-je, parfaitement
consciente que je ne suis pas convaincante.

— Qu'est-ce que tu aimes chez lui ? Tu aimes le
fait qu'il couche avec toutes les femmes qui
traversent son bureau ? Tu aimes le fait qu'il
dénigre les femmes ? Tu aimes le fait qu'il y ait
des rumeurs selon lesquelles il coucherait avec
des filles mineures ?

Ses interrogations aspirent tout l'air de mes
poumons. Je n'en savais rien.

Je veux dire, j'ai entendu certaines des rumeurs et
je sais que c'est un coureur de jupons, mais des
filles mineures ?

Non, ça ne peut pas être vrai.

Vraiment ?

— Tu ne sais rien de lui, Aurora, insiste Henry. Il
t'a juste nourrie quelques mensonges pour

essayer de te faire tomber amoureuse de lui. Il a fait la même chose à des milliers d'autres femmes. Elles tombent toutes dans le piège et maintenant tu es l'une de ses conquêtes.

— Tu ne connais rien de moi, dis-je sévèrement.

— Je sais que tu es bien meilleure que Franklin Parks. Je sais que tu mérites quelqu'un qui te traitera comme une déesse.

— Tu veux dire comme si tu m'as traitée ? je demande et tout l'air est aspiré hors de la pièce.

15

AURORA

Henry s'arrête un instant, réalisant qu'il est entré dans un grand trou.

— Non, mieux que je ne t'ai jamais traitée. Écoute, je sais que j'étais un connard. Je n'aurais pas dû rater ta remise de diplôme et je n'aurais pas dû donner autant d'importance à mon travail. Mais c'est le premier travail qui me passionnait vraiment et je pensais avoir enfin eu la chance d'écrire et de faire quelque chose de significatif.

— Ouais, dis-je doucement. Je comprends.

— Bien sûr, je vois bien le soucis pour moi le fait qu'il soit mon patron. Si tu le quittes, je perdrais probablement mon emploi et je ne m'attendrais à rien d'autre. Mais je m'en fiche. Je m'en fiche de ça, seule toi compte.

— Je n'ai jamais voulu que tu quittes ton emploi, c'est pourquoi je t'ai aidé à l'obtenir en premier lieu. Je pensais que c'était une excellente opportunité et je suis heureuse que ça se passe si bien et que tu aies un si grand public. Tu fais du très bon travail et ça se voit.

Je fais une pause, essayant de penser à quoi dire d'autre, puis ferme juste ma bouche et ne dis rien.

— Puis-je te demander quelque chose ? demande Henry.

— Bien sûr, dis-je en hochant la tête.

— Tu l'aime ?

Pas encore ça, je résiste à l'envie de lever les yeux au ciel.

— Oui, je mens.

— Non, tu ne l'aimes pas, me défie-t-il.

Je secoue la tête et le regarde dans ces yeux perçants qui m'appartenaient autrefois.

— Je ne sais pas ce que tu attends de moi, dis-je après un moment. Si tu ne veux pas me croire, alors bien, mais c'est la vérité.

— Tu es une très bonne menteuse, Aurora, mais je sais que tu mens.

— Peu importe, dis-je en agitant ma main vers lui, repoussant ma colère.

— Je peux te demander autre chose ?

— Tu n'as pas besoin de demander ma permission pour me demander des choses, je suis là, je te parle. Demande-moi simplement, je lâche.

— Tu m'as trompé ?

Cela me prend par surprise.

— Non, dis-je doucement. Je ne t'ai jamais trompé et je ne te ferais jamais ça. Je ne ferais jamais ça à personne.

— Pourquoi ai-je l'impression que tu mens ? il plissa les yeux.

— Parce que tu es con, dis-je avec une colère qui jaillit de moi.

Ma poitrine devient chaude et mes mains se forment en poings.

— Tu te prends pour qui ? je lui demande. Si tu penses que je t'ai trompé, alors tu ne sais pas la première chose à mon sujet. Et tu es un connard pour avoir même pensé ça.

— Je suis désolé, d'accord ? Je suis vraiment désolé.

— Je m'en fiche, dis-je. Je t'aimais, plus que je n'ai jamais aimé personne. Et tu t'en fous ! Je suis contente que tu aies trouvé un emploi, une carrière, mais je pensais que nous serions ensemble pour toujours aussi. Je suis juste fatiguée de me battre et je suis fatiguée de la distance. Je voulais que tu sois avec moi et tu ne voulais pas.

— Je suis désolé de t'avoir pris pour acquise, dit Henry.

— Maintenant c'est trop tard.

— Non ce n'est pas trop tard. Ne l'épouse pas.

— Tu ne peux pas me dire quoi faire, dis-je.

— Bien sûr que non, je n'essaye pas de te dire quoi faire. Sauf que, s'il te plaît, ne l'épouse pas. C'est un connard. Il est intelligent et attrayant, mais il ne se soucie pas de toi. Il ne se soucie de personne.

Il n'a pas tort, mais je ne peux pas très bien l'admettre.

— Comment t'a-t-il même demandé en mariage ? Comment vous êtes-vous trouvés ? demande Henry.

Je ne sais pas quoi dire. Je ne sais pas quelle est la bonne histoire, pas vraiment.

— Je le connaissais d'avant. Il a aidé mon père à sortir d'un soucis et nous avons en quelque sorte commencé à parler et les choses sont parties de là.

— Est-ce qu'il embrasse bien ? demande Henry.

— Tu ne peux pas me demander ça, dis-je.

Henry serre la mâchoire puis se détend. Je veux lui dire plus que tout que je n'ai aucune idée de quel genre de baiser Franklin est parce que je ne l'ai jamais embrassé, mais je garde la bouche fermée.

C'est mieux, me dis-je, essayant désespérément d'y croire.

— Pouvons-nous parler d'autre chose ? je demande après un moment.

Je ne veux pas encore raccrocher, je veux continuer à lui parler mais je ne supporte plus de parler de Franklin.

— Bien sûr, que veux-tu savoir ?

— Parle-moi de ton travail. Sur quoi travailles-tu maintenant ?

— Eh bien, en fait, Franklin m'a proposé une histoire vraiment intéressante. Il s'agit d'une fille qui a disparu dans le Dakota du Nord, elle est allée là-bas avec son petit ami qui a obtenu un emploi dans le domaine pétrolier. La police locale soupçonne qu'il l'a tuée, mais il y a aussi d'autres suspects. Je comptais rentrer à la maison, mais plus je faisais de recherches sur l'histoire, plus je réalisais que c'était vraiment une histoire à raconter.

— Pourquoi donc ? je demande

— Parce qu'elle était noire. Et malheureusement, peu de gens se soucient de la disparition de filles noires. Ce n'est pas une histoire qui est souvent racontée et c'est une histoire que je me sens obligée de raconter.

— Alors qu'est-ce qui lui est arrivé ?

— Je n'en suis pas sûr, dit-il. L'idée est que je ferais un rapport à ce sujet pendant que j'enquêterais.

— C'est un projet vraiment intéressant, dis-je doucement. Je vais certainement l'écouter.

— Tu écoutes mon podcast ? il demande.

— Bien sûr, dis-je un peu trop rapidement, puis je me corrige. Oui, j'ai écouté quelques épisodes ici et là.

La vérité est que j'ai écouté plusieurs fois chaque épisode de chaque podcast. Je l'écoute quand je m'endors, juste pour entendre le son de sa voix.

Nous parlons un peu plus longtemps jusqu'à ce que la conversation s'essouffle. Je veux en savoir plus sur lui mais nous ne parlons que de son travail.

À la fin, je lui souhaite bonne chance pour la prochaine histoire.

— Au fait, Franklin m'a invité à votre mariage.

— Quoi ? dis-je le souffle coupé.

— Franklin a dit qu'il n'était pas sûr que tu m'inviterai, alors il l'a fait en ton nom.

Ma bouche s'ouvre alors que je le regarde.

— Non, dis-je en secouant la tête. Tu ne peux pas venir.

— Pourquoi pas ?

— Ce ne serait pas approprié.

— D'après qui ?

— Moi, la mariée.

Henry prend une profonde inspiration et s'assied contre le dossier de sa chaise.

— Pourquoi veux-tu venir de toute façon ? je demande, tout mon corps tremblant. Je ne suis pas sûre de pouvoir continuer à le regarder.

Henry connaît la vérité même s'il ne se rend pas compte qu'il la connaît. Il le sait au fond de lui, dans ses tripes.

Henry prend une longue pause. Quand il ouvre la bouche, il dit :

— Je veux voir si vous allez vraiment le faire.

16

HENRY

J'arrive au Ritz vêtu d'un smoking cravate noire, que j'ai loué plus tôt dans la journée.

La location me coûte trois cents dollars et c'est bien au-dessus de mon budget. Mais je ne peux pas ne pas la voir.

Je suis censé être dans le Dakota du Nord aujourd'hui, pour commencer mes recherches, mais je reviens juste pour assister à la fête de fiançailles d'Aurora.

Elle m'a dit qu'elle ne voulait pas me voir au mariage, mais elle n'a rien dit sur la fête de fiançailles.

Franklin m'a également invité à cela, et je ne peux pas résister.

En franchissant les doubles portes de l'un des hôtels les plus chics de New York, je ne me sens pas à ma place. Je suis presque sûr que même le portier gagne plus d'argent que moi. Pourtant, je dois la voir, ne serait-ce que pour confirmer le fait qu'elle se marie.

Quand Aurora m'a appelé ce soir-là, je ne m'attendais pas à lui parler pendant près d'une heure. En fait, je ne m'attendais pas du tout à ce qu'elle m'appelle.

Mais elle l'a fait, et maintenant je ne peux pas m'empêcher de penser à elle ou au fait qu'elle pourrait mentir.

Je pensais qu'elle m'avait trompé, mais maintenant je suis presque certain qu'elle ne l'a pas fait.

Ce que je pense, c'est qu'elle l'épouse contre sa volonté.

C'est fou ?

Je veux dire, cela n'arriverait jamais de nos jours.

Et cela n'arriverait certainement pas à une héritière, non ?

Je demande au portier où est la fête de fiançailles Tate/Parks et il me montre la salle de bal au bout du couloir.

La plupart des gens à l'intérieur sont beaucoup plus âgés que moi, probablement les amis des parents d'Aurora. Il y a des draperies élégantes tout autour et tous les invités sont vêtus de robes. La chambre ressemble à une réception de mariage plutôt qu'à une fête de fiançailles.

Je me dirige lentement vers le bar à l'arrière et repère Franklin qui parle au père d'Aurora. Les évitant, je commence à marcher dans la pièce. Quand j'arrive dans la salle de bal, je vais directement vers *elle*.

Sans une seconde pensée, elle jette ses bras autour de moi.

— Que fais-tu ici ? elle me chuchote à l'oreille. Je suis désolée, dit-elle, se reculant et cachant son exubérance derrière une façade de pertinence. Comment vas-tu ?

— Je vais bien, comment vas-tu ? je demande

— Très bien, dit-elle doucement, en regardant ses pieds.

Vêtue d'une robe noire courte, avec des bretelles épaisses et des talons hauts, elle ne ressemble pas vraiment à la femme que j'ai connue jusqu'à présent. Cette personne est surfaite et tellement assemblée qu'elle n'a pas l'air à l'aise dans sa propre peau.

Aurora déplace son poids d'un pied à un autre et me regarde avec ses grands yeux écarquillés. Pendant une seconde, on dirait qu'elle me supplie de faire quelque chose. Quoi, je ne sais pas.

— Est-ce que ça va ? je demande en posant ma main sur son bras.

Elle le repousse et croise les bras sur sa poitrine.

— Oui, bien sûr, je vais bien.

Nous nous regardons, aucun de nous ne dit un mot.

— Tu ne vas pas me féliciter ? elle demande.

— Si, bien sûr, félicitations, dis-je sans grand effort.

L'expression sur son visage change et son sourire en plastique disparaît.

— Pourquoi es-tu ici ? elle demande. Tu essaies de me mettre en colère ?

— Non bien sûr que non. J'avais juste besoin de te voir.

— Pourquoi ?

— Tu me manques, dis-je avec un haussement d'épaules. Je ne sais pas quoi dire d'autre. Je t'aime.

Je sais que je complique probablement les choses, mais je veux qu'elle sache la vérité.

— Ce n'est pas juste, dit Aurora après un moment. C'est trop tard. Je suis fiancée à quelqu'un d'autre.

— À quelqu'un que tu n'aimes pas, je fais remarquer. Quelqu'un que tu épouses parce que... tu es obligée.

Ses yeux deviennent grands comme deux soucoupes et sa bouche s'ouvre.

— Comment peux-tu... elle laisse sa voix s'éteindre.

— Comment puis-je quoi ? Je lui demande. Comment puis-je *savoir* ?

— Non, je me suis mal exprimée , dit-elle. Je ne la crois pas.

— Aurora, que se passe-t-il ici ? Pourquoi fais-tu ça ?

— Je l'aime, dit-elle doucement.

Elle regarde profondément dans mes yeux et se répète.

— Tu peux me faire confiance, tu le sais, non ? je demande

Elle ne répond pas.

— Tu peux me faire confiance et tu peux tout me dire, j'insiste.

— Je n'ai rien à te dire, dit-elle après une longue pause. Pourquoi ne peux-tu pas comprendre cela ?

— Dis-moi la vérité, la supplie-je. Je peux t'aider.

Ses yeux vont et viennent, puis elle regarde ses mains.

Je sens qu'elle est sur le point de me dire quelque chose. Et puis Mme Tate apparaît.

Aurora croise ses bras sur sa poitrine et érige un mur invisible entre nous.

— Maman, tu te souviens d'Henry ? demande Aurora.

— Oui bien sûr. C'est très agréable de vous revoir, dit Mme Tate. J'ai entendu dire que vous rencontrez beaucoup de succès avec votre podcast. Félicitations !

— Merci, je marmonne.

— Aurora, chérie, Mme Tate se tourne vers elle. Je suis désolée de vous séparer mais Franklin se prépare à faire un discours et il a besoin de toi à ses côtés.

17

HENRY

JE ME TIENS au fond de la salle et j'écoute Franklin dire toutes sortes de belles choses sur Aurora, que quelqu'un a dû écrire pour lui.

Ce n'est pas avant ce discours que je me rends pleinement compte que dans tous les cas, ce n'est pas un vrai mariage. Franklin ne sait rien à son sujet et, pour une raison quelconque, cela ne semble pas déranger Aurora.

Elle rit et sourit, regardant parfois ses pieds comme elle le fait quand elle se sent mal à l'aise. Franklin ne semble pas s'en rendre compte et continue de parler avec extravagance de leur couple et surtout de lui-même.

Ne voulant plus écouter la charade, je sors et me retrouve au bar de l'hôtel près du hall. Je repère Jackie au fond, en train de boire un verre.

— Que fais-tu ici ? je demande, regardant son verre et me demandant ce qu'il y a dedans.

— Je rendais visite à une fille à quelques pâtés de maisons et je me suis souvenu que tu serais ici, dit-il. Quand il finit son verre, il en commande un autre.

Le barman lui verse de l'eau tonique dans son verre et je pousse un soupir de soulagement.

Vêtu d'une veste en cuir et avec ses cheveux noirs lissés en arrière, Jackie Peterson ressemble tout à fait au détective privé qu'il est.

— Je peux confirmer qu'il y a eu une enquête sur les affaires de William Tate et qu'ils cherchaient des preuves de délits, de fraude et de détournements de fonds. Mais dès qu'Aurora a accepté d'épouser Franklin Parks, toutes les accusations ont été abandonnées.

— Mais comment ont-ils pu faire ça ? je demande. Je veux dire, ils l'avaient déjà arrêté. N'ont-ils pas dû l'expliquer à un juge ?

— Que puis-je te dire ? Jackie demande. Franklin et sa famille ont de très bonnes connexions.

— Sa famille ?

— Oui, son père connaît tout le monde, et quiconque connaît Franklin le sait.

— William Tate a eu une crise cardiaque. Je sais que tu avais des soupçons, mais il existe des dossiers hospitaliers pour le prouver. Il ne savait vraiment pas qu'il allait être arrêté. Une autre chose que j'ai découvert, c'est qu'il s'est adressé à presque toutes les personnes auxquelles il pouvait penser pour trouver un acheteur pour Tate Media. Mais il voulait trop. Personne n'estimait la compagnie à un prix aussi cher et il a refusé de baisser.

— Pourquoi ? je demande

— Je soupçonne qu'il avait pris tellement d'argent dans les coffres de l'entreprise que s'il devait la vendre moins cher, il n'en resterait pas grand-chose.

— D'où vient Franklin ? je demande

— Franklin a lancé une OMS, mais sa famille possède de nombreux avoirs dans divers champs pétroliers ainsi que dans des sociétés immobilières. Son père possède également une chaîne d'unités de stockage très rentable, la plus grande du pays. L'industrie du stockage est l'un des secteurs les plus dynamiques en ce moment, tout le monde achetant beaucoup trop de merde et ayant besoin d'espace pour tout ranger.

— Qu'est-ce que cela a à voir avec Aurora ? je demande

— Je ne suis pas vraiment sûr, dit-il. Mais d'une manière ou d'une autre, elle fait partie de l'accord. J'ai entendu dire que son père avait fait une proposition à Franklin il y a quelques mois de lui vendre une partie de Tate Media, mais il n'a jamais été intéressé. Et puis tout à coup, un mois après votre rupture, son père est arrêté et ils annoncent leurs fiançailles. L'une des sources à qui j'ai parlé a dit qu'elle faisait partie de l'accord.

— Partie de l'accord ? j'halète.

— C'est la seule raison pour laquelle William Tate n'est pas actuellement en prison et gravit les échelons des hommes les plus riches du monde.

— Parce qu'elle a accepté de l'épouser ? je demande

— On dirait, il hoche la tête.

— Mais pourquoi ? Pourquoi veut-il l'épouser ?

— Je ne sais pas.

— Non, dis-je en secouant la tête. Cela ne peut pas arriver. Je veux dire, cela ne peut pas être vrai.

— C'est la seule chose qui expliquerait pourquoi cela se produit si rapidement. À moins bien sûr que tu crois réellement qu'ils sont amoureux.

Je veux le croire.

Je veux le croire plus que tout, car cela voudrait dire qu'elle ne serait pas forcée d'épouser quelqu'un contre sa volonté.

— Comment sais-tu que les accusations ont été abandonnées après l'annonce des fiançailles ? je demande

— J'ai des relations avec le ministère de la Justice et la police et c'est la rumeur. Personne ne veut témoigner, bien sûr, mais des choses comme ça n'arrivent pas sans attirer l'attention des plus hauts gradés.

— Alors, qu'est-ce que tu penses ? je demande en me tournant vers lui.

— Il y a une histoire, dit Jackie. Mais si tu veux approfondir ton enquête, tu dois savoir à qui tu as affaire. Tu dois faire très attention à ce que tu dis et à qui, même Aurora. Elle ne semble pas avoir beaucoup de choix dans tout cela et elle joue peut-être son propre jeu, un jeu qui veut peut-être dire qu'elle doit te sacrifier.

Je secoue la tête et termine mon whisky.

— Je sais que tu ne veux pas croire cela, dit Jackie, mais je veux que tu y réfléchisses vraiment. Ce n'est pas seulement ton patron, c'est l'un des hommes les plus puissants du monde. Ce dont tu parles, c'est de creuser et de l'exposer sur tout ce que tu pourrais trouver. Mais ce faisant, il abattra probablement aussi le père d'Aurora. Si elle fait cela pour le protéger, alors elle ne l'acceptera pas sans se battre. Et si tu fais cela pour la récupérer, cela peut ne pas fonctionner.

— Eh bien, bien le bonsoir ! dit Franklin en s'approchant de nous.

Mon cœur s'effondre.

Mes oreilles commencent à bourdonner alors que le sang coule à travers ma tête.

Qu'a-t-il entendu ?

A quel point est-il au courant ?

— Tu ne vas pas me féliciter ? demande Franklin.

18

HENRY

QUAND JE ME RELÈVE, mes genoux vacillent mais je me force à me lever et à le prendre dans mes bras chaleureusement.

— Félicitations, dis-je. Je suis vraiment heureux pour toi.

Je lui présente Jackie.

— Tu étais flic, non ? demande Franklin.

— Oui, au département de police de Montauk.

— Que s'est-il passé ?

— J'ai eu quelques problèmes avec la façon dont le département était géré, alors j'ai décidé de me retirer par moi-même.

— C'est un euphémisme énorme, je glousse de moi-même.

Jackie a perdu son emploi parce qu'il a menacé un autre policier avec une arme à feu au poste après que ce gars ait découvert que Jackie couchait avec sa femme. Mais ce n'est pas exactement le genre de choses que vous dites à votre nouvel employeur potentiel.

— En outre, le salaire est bien meilleur en tant que détective privé.

— J'aime ça, dit Franklin. Eh bien, si mon gars ici me dit que tu es le seul qu'il veut pour ce job, qui suis-je pour refuser ?

— Merci, j'apprécie, dis-je.

— Quand prévoyez-vous d'y aller ?

— Dans quelques jours, lui dis-je. Je veux d'abord passer du temps avec ma maman.

On discute un moment et tout est agréable. C'est en fait un gars très sympathique.

— Alors, sur quel genre de choses enquêtes-tu habituellement ? Franklin demande à Jackie après avoir commandé un autre verre.

— Ah, les choses habituelles. Beaucoup de harcèlement criminel de personnes mariées pour savoir si leur conjoint le trompe afin de pouvoir utiliser ces preuves dans leurs cas de divorce et de garde d'enfant. Je devrais peut-être te donner ma carte, plaisante Jackie.

Franklin secoue la tête.

— Non, ça ne nous arrivera pas, insiste-t-il.

— Ils disent tous ça, Jackie rit. Dans ce cas, je devrais peut-être donner ma carte à Aurora. Je veux dire, tu as une réputation.

Franklin arrête de rire et tout soupçon de sourire disparaît.

— Non, plus maintenant, dit-il après un moment. Aurora est la seule.

Mon cœur s'enfonce dans le creux de mon estomac.

Dit-il la vérité ?

Sont-ils vraiment ensemble ?

J'étais venue ici en pensant qu'elle faisait tout cela pour aider son père, mais si je me trompais ?

Et si elle était vraiment amoureuse de lui ?

Alors que j'essaie de trouver un moyen de m'extirper de la situation, les choses ne font qu'empirer.

Franklin voit Aurora à travers la pièce et l'appelle.

— Écoute, je pense que je dois y aller, dis-je et je m'éloigne, mais Franklin m'arrête.

Quand Aurora se met à ses côtés, il passe son bras autour d'elle et lui donne un gros baiser sur la bouche.

Je veux lui donner un coup de poing au visage, mais j'enfonce mes poings dans mes poches.

— Je voulais juste voir si vous envisagiez de devenir amis si rapidement, déclare Franklin avec confiance.

Aurora et moi nous regardons puis regardons au sol, sans dire un mot.

— Je sais que vous avez traversé beaucoup de choses mais j'aime vous avoir tous les deux dans ma vie et ce serait bien si vous pouviez être amis.

— Tu plaisantes j'espère ? je veux demander. Pourquoi fait-il ceci ? Est-ce une blague ?

Je ne connais pas Franklin assez bien pour porter un jugement de toute façon, mais j'ai l'impression qu'il le pense.

Quand je lève les yeux vers Aurora, elle secoue un peu la tête d'un côté à l'autre et ne rencontre mes yeux que pour un moment.

— Écoute, mec, je veux te présenter quelqu'un , dit Franklin. Je pense qu'elle va te plaire.

— Non, non merci, je commence à protester, mais il est déjà trop tard.

Il salue une belle femme aux cheveux blond brillant et aux seins parfaits.

— Voici ma vieille amie, Chelsea Novak.

Malgré son extérieur parfait, Chelsea a quelque chose de fragile qui m'attire immédiatement.

Lorsque nous nous serrons la main, elle adresse à Franklin un bref câlin de félicitations. On dirait qu'ils sont amis depuis longtemps. Il n'y a aucune tension entre eux. En fait, je n'ai jamais vu Franklin aussi à l'aise avec une femme et je me demande si elle est en fait une de ses vieilles flammes.

Nous ne parlons de rien en particulier et Jackie s'excuse quand la conversation est un peu sèche. Le truc, c'est que ce n'est pas vraiment une conversation à quatre, c'est juste Chelsea et Franklin qui discutent tandis qu'Aurora et moi attendons d'avoir quelque chose à dire sans vraiment le faire.

Je ne sais pas exactement ce que fait Chelsea, mais à en juger par sa robe et la façon dont elle se tient, je peux dire que c'est une femme très riche depuis longtemps.

Lorsque la conversation se tourne vers le marché boursier, ce qui se produit inévitablement, elle mentionne qu'elle a suivi ses conseils et qu'elle a investi dans un certain nombre de compagnies technologiques émergentes.

Franklin rit et dit qu'il est heureux que ses suggestions aient porté leurs fruits.

— Eh bien, tu sais, je n'ai jamais fait ça et je suis heureuse que tu m'ais montré comment tout fonctionne.

— Et maintenant tu es une experte, d'après ce que j'entends.

— Non bien sûr que non. Pas comme toi.

— Ha, il rit. Ce n'est pas ce que Jimmy me dit.

— Qui est Jimmy ? demande Aurora.

— Il gère l'intégralité du fonds d'investisseur providentiel dans lequel nous avons tous deux fortement investi, explique Franklin. J'ai formé cette fille, en donnant des coups de pied et en criant, pour en faire un vrai investissement et je m'éloigne de cette entreprise pendant deux secondes et reviens pour découvrir qu'elle est celle qui gagne le plus d'argent.

Chelsea rit et lance ses cheveux, agitant son doigt sur son visage.

— Jimmy me dit que tu t'es beaucoup impliquée, en sélectionnant des entreprises, en suggérant des entreprises...

— Oh, allez, dit-elle. Il y a tellement plus à faire que ce que je peux proposer.

Je ne me soucie pas vraiment d'écouter tout ça.

Ce ne sont que deux personnes qui ont tellement d'argent qu'elles ne savent pas quoi en faire, essayant de trouver comment en obtenir plus. Pourtant, il y a quelque chose qui m'attire.

Aurora fait partie de ce monde.

Je n'ai jamais eu envie de plus que d'une vie confortable, puis je l'ai rencontrée.

Soudain, je réalise à quel point être riche peut être compliqué.

Lorsque Franklin et Chelsea se rapprochent et commencent à parler plus intimement, je vois ma chance d'éloigner Aurora.

— Félicitations, dis-je en lui proposant de lui commander un autre verre.

Elle secoue la tête.

— Non, merci.

— Tu passes un bon moment ? je demande

— Oui, bien sûr, qu'est-ce qui te ferait penser autrement ? demande-t-elle sur la défensive.

— Je n'essayais pas de sous-entendre quoi que ce soit, dis-je en m'appuyant sur le bar et en me plaçant avec elle. S'il y a quelque chose que tu veux me dire, n'importe quoi, je veux que tu saches que tu peux toujours le faire.

— Je ne sais pas de quoi tu parles, dit-elle après une longue pause, même si nous savons tous les deux que c'est faux.

— Hé, écoute, nous ratons toute la fête, dit Franklin, en laissant tomber son bras autour de mon épaule. Pourquoi ne retournons-nous pas à l'intérieur et emmenons les filles sur la piste de danse ?

19
————

AURORA

Je les regarde de loin et je ne peux pas m'empêcher d'être jalouse.

Pourquoi Franklin a-t-il dû la *lui* présenter, de toutes les femmes !

Chelsea est grande, belle, coquette, intelligente et riche. Elle a gagné de l'argent dans l'immobilier et avec des actions en bourse. Mais elle a été l'une des premières investisseuses de Snapchat et Uber et elle a gagné des millions. Maintenant, elle a même une ligne de maquillage qui se porte si bien qu'elle a atterri sur la couverture de Forbes.

Je ne sais pas si Henry sait tout cela, mais il est certain qu'il va le découvrir dès qu'il la cherchera sur Google.

Franklin me tient dans ses bras et me presse contre lui sous les lumières tamisées et la musique s'intensifie. Tout ce sur quoi je peux me concentrer est Henry et Chelsea et la façon dont ses mains descendent le long de son corps.

Il me vient à l'esprit que je n'ai jamais dansé avec Henry auparavant et je n'ai jamais su qu'il était un si bon danseur.

Mais bon, il est incroyable au lit, alors pourquoi ne serait-il pas incroyable sur la piste de danse ?

Quand je ne peux plus supporter de les regarder, j'essaye de m'éloigner de Franklin, qui m'arrête dans ma course.

— Non, dit-il. Dansons un peu plus.

— Non, je ne veux pas, dis-je.

J'essaie de m'éloigner, mais il attrape mon poignet.

Il serre la mâchoire et resserre sa prise autour de mon poignet, me rapprochant.

— Je t'ai dit que je voulais continuer à danser, dit-il.

Je n'avais jamais vu ce côté de lui auparavant. Je secoue la tête mais quand une nouvelle chanson commence, je fais ce qu'il dit.

— Bien, me chuchote-t-il à l'oreille. Tu es jolie comme ça.

Il fait courir ses mains de haut en bas sur mon corps et je déteste ça.

La première fois qu'il m'a embrassée, c'était juste là, juste devant Henry. Il a même enfoncé sa langue dans ma gorge et j'ai dû me retenir de ne pas le repousser et prétendre que ça n'arrivait pas.

— Je pense qu'il est temps que nous passions à l'étape suivante, n'est-ce pas ? demande Franklin.

Avec sa main sur le bas de mon dos, il me rapproche de lui. Il soulève mon menton jusqu'à son visage et presse ses lèvres contre les miennes.

Je ne veux pas l'embrasser alors je garde mes lèvres parfaitement immobiles.

Je t'en prie, disparais.

Mais bien sûr rien ne se passe.

J'ai dit que je l'épouserais.

Nous sommes fiancés.

L'embrasser est le moins que je sois censée faire.

Pourquoi est-ce que j'ai accepté tout ça ? Je me demande.

Peut-être qu'il y a une autre solution. Il y a peut-être un moyen de mettre quelqu'un d'autre de mon côté.

Peut-être que je devrais parler à Henry, peut-être que je devrais lui dire la vérité.

Mais du coin de l'œil, je vois ma mère. Elle se tient contre le mur, parlant à notre avocat de famille.

Mon père va *mieux*, mais il ne va pas bien. Si je rompais avec Franklin, surtout maintenant, après avoir annoncé nos fiançailles d'une manière aussi publique et que tout New York s'attend à voir un mariage somptueux, alors il me le ferait regretter.

Je n'ai peut-être pas un lien proche avec mon père, mais c'est quand même mon père. Je l'aime, mais surtout j'aime ce qu'il a construit. Il y a des milliers de personnes qui travaillent chez Tate Media et s'il venait à démissionner, ils perdraient tous leur emploi et beaucoup d'entre eux ne s'en remettraient pas.

Non, ce n'est pas seulement pour moi ou ma famille.

Je dois sauver Tate Media pour quelque chose de plus grand. Et si je rompais avec lui, non, quand je romprai avec lui, ce sera sous mes propres conditions. Je sortirai de cette relation, si on peut appeler ça comme ça, la tête haute et avec mon entreprise en toute sécurité et en ma seule possession.

Je jette un coup d'œil à Henry et les vois danser ensemble, avec ses bras fermement autour de lui. Je veux marcher là-bas et me mettre entre eux et laisser Henry me prendre dans ses bras, mais à la place je prends une profonde inspiration et concentre mon attention sur mon fiancé.

Je le regarde dans les yeux, le rapproche de moi, et cette fois j'appuie mes lèvres sur les siennes.

J'ouvre légèrement la bouche et ma langue cherche la sienne. Son baiser est doux et effervescent, bien différent de ce qu'il était la première fois.

Il n'essaye pas de me forcer. Au lieu de cela, je le guide.

Quand je m'éloigne de lui et regarde dans ses yeux, un grand sourire se dessine sur son visage.

— C'était quoi ça ? demande Franklin. Aurais-tu changé d'avis à mon sujet ?

— Je n'en sais rien, dis-je avec un sourire au coin de mes lèvres. Mais disons simplement que tu as mon attention.

Il aime ça et il essaie de m'embrasser à nouveau, mais j'ai mis mon doigt sur ses lèvres.

— Pas encore tout à fait, dis-je en battant des cils. Prenons notre temps.

— Non, je ne peux pas supporter de faire ça lentement. Si tu étais quelqu'un d'autre, nous aurions déjà couché deux fois ensemble, et je ne t'aurais pas appelé depuis trois jours.

Je ris.

— Eh bien, je ne suis pas quelqu'un d'autre. Je m'appelle Aurora Penelope Tate et tu n'as jamais rencontré de femme comme moi auparavant.

J'ouvre la bouche et lèche ma lèvre inférieure. Ensuite, je la mords un peu, comme si j'étais une fille timide au fond, inexpérimentée.

Je prends une mèche de cheveux et enroule l'extrémité autour de mon doigt. Puis je lève ma main vers son visage et passe mes doigts le long de sa mâchoire.

Debout sur ma pointe des pieds, j'approche mon visage si près du sien que je peux sentir son souffle sur mes lèvres.

— Embrasse-moi, lui dis-je.

Il fait ce que je dis et je l'embrasse en retour.

Je ne veux pas l'embrasser.

Je ne veux pas être près de lui, mais c'est le seul moyen de prendre le dessus dans cette relation.

Si je passe par là, je dois être celle qui a le pouvoir. Il doit m'écouter. Je ne peux pas le laisser me commander.

Tout ce qui va se passer entre nous sexuellement va se faire selon mes propres termes.

Quand je m'éloigne de lui, je jette un coup d'œil par-dessus son épaule et vois les yeux écarquillés d'Henry, avec un regard de déception totale.

Il secoue la tête et s'éloigne de nous.

Je veux courir après lui, mais je me force à rester immobile.

— Pauvre gars, dit Franklin. Il n'est toujours pas passé à autre chose. C'est pourquoi je les ai présentés.

— De quoi tu parles ? je demande

— Eh bien, elle vient de rompre avec son petit ami et elle est à l'affût. Rien de grave, mais encore une fois, Henry pourrait être le bon gars pour elle.

— Henry n'est pas très doué pour ne pas prendre ses relations au sérieux, je fais remarquer.

— C'est exactement ce dont je parle, dit Franklin, en haussant les épaules. Elle sort toujours avec ces connards alpha qui la traitent comme de la merde. Elle a assez d'argent pour sortir avec qui que ce soit. J'ai donc pensé que peut-être qu'elle et Henry seraient bien l'un pour l'autre.

— Alors, maintenant tu joues les entremetteurs ? je demande

— Eh bien, j'ai beaucoup de compétences. Je n'ai jamais essayé le matchmaking mais qui sait ?

Je secoue la tête, je ne sais pas trop comment répondre.

— Ne t'inquiète pas, dit Franklin. Henry est entre de bonnes mains. Chelsea ne va pas lui faire de mal.

Je baisse les yeux vers mes chaussures, repoussant mes larmes.

Je ne peux pas lui faire savoir à quel point je m'en soucie encore, mais je ne peux pas non plus forcer mes yeux à revenir sur son visage au cas où une larme mal placée coulerait sur ma joue.

— Chelsea est en fait une fille très douce, dit Franklin. Nous nous sommes un peu amusés ensemble. J'appelais ça prendre du plaisir, mais elle a appelé ça sortir ensemble.

— Tu l'as trompée ? je demande

— Eh bien, je ne l'appellerais pas ainsi, Franklin rit. Je ne dirais pas que nous étions vraiment exclusifs.

— Pensait-elle que vous étiez exclusifs ? je demande

— Écoute, je suppose que je devrais te dire ceci même si ce n'est probablement pas le bon endroit, mais quand nous étions ensemble, Chelsea est tombée enceinte. Je n'étais pas très content. J'ai essayé de la convaincre d'avorter, mais elle a refusé. Elle n'a jamais vraiment voulu d'enfants, mais quand elle a découvert qu'elle était enceinte tout à coup, elle a simplement décidé qu'elle allait devenir mère. Quoi qu'il en soit, les choses ne se sont pas très bien déroulées. Elle a fait une fausse couche et elle était vraiment déchirée. J'avais beaucoup à gérer en Suisse et elle était folle de rage quand je l'ai laissée à l'hôpital.

— Tu l'as laissée à l'hôpital ? je demande. Après qu'elle ait perdu ton bébé ?

— Écoute, j'ai une entreprise très importante à gérer. Beaucoup de gens et de familles dépendent de ce que je fais et du type d'accord que je passe.

Il en rit, et je ne sais pas s'il s'en fiche vraiment ou s'il fait simplement semblant.

— Comme tu peux imaginer, après cela, notre relation était un peu bancale.

— Oui, je peux voir pourquoi , dis-je.

— Mais je pense que nous avons dépassé cela. Elle a commencé à sortir avec tous les mecs d'une vingtaine d'années sur qui elle pouvait avoir le contrôle et, franchement, j'ai fait pareil.

— Alors, pourquoi l'as-tu présentée à Henry , je demande

— Eh bien, il ne fait pas vraiment partie de notre cercle. C'est une bonne chose. Je veux dire, je l'ai connu grâce à son travail et à nos appels téléphoniques et j'aime vraiment ce gars, malgré le fait qu'il t'ait baisé. Donc, j'ai pensé qu'il serait peut-être le bon gars pour elle.

Je plante mes yeux et regarde directement dans les siens.

Où veut-il en venir avec tout ça ? Je me demande.

— Ne ferais-tu pas tout cela juste pour t'assurer que Henry et moi sommes séparés pour de bon ? je demande en plaisantant à moitié.

— Qu'est-ce que tu racontes ? demande-t-il innocemment.

— D'abord, tu nous sépare en l'envoyant en voyage d'affaires toute l'année et, maintenant, tu le case avec une vieille petite amie ?

— Est-ce que cela te semble suspect ? demande Franklin, me rapprochant de lui et me broyant plus fort contre son corps alors que la musique commence à reprendre. C'est le dernier endroit où je pensais que nous aurions cette conversation et pourtant elle semble être la plus naturelle et la plus appropriée. La musique est si forte qu'on peut à peine s'entendre penser. Même si nous sommes entourés de gens, nous sommes complètement seuls.

— Je ne sais pas encore, dis-je en souriant pour apaiser la tension. Disons simplement que tu pourrais être la personne la plus gentille au monde ou la plus manipulatrice.

Il repousse mes cheveux sur mon cou et m'embrasse à nouveau. Ses lèvres s'attardent légèrement sur mon cou et remontent lentement vers mes lèvres.

Ma bouche s'ouvre et nos langues s'entrelacent. Pour le supporter, j'imagine qu'il est quelqu'un d'autre.

J'imagine que j'embrasse Henry. Mais ensuite il s'éloigne.

— Je ne peux pas attendre d'être ce soir quand nous pourrons enfin être ensemble, me chuchote-t-il à l'oreille, faisant frissonner ma peau.

20

AURORA

MALGRÉ TOUT CE à quoi j'ai pensé pendant nos fiançailles, pour une raison inconnue, je n'ai pas accordé beaucoup d'attention au sexe.

Ce n'est que lorsque nous étions sur la piste de danse que j'ai réalisé que je devais prendre plus d'initiative afin d'avoir plus de contrôle sur cet aspect de ma vie. Mais ensuite, quand Franklin a chuchoté ces mots dans mon oreille, toute initiative que je voulais prendre s'est soudainement envolée.

Tout ce que je veux, c'est fuir. Je ne veux pas être avec lui et je ne veux pas qu'il me touche.

Ce n'est pas qu'il n'est pas attirant, il l'est, c'est juste que tout cet arrangement me rend malade.

Pourtant, j'ai dit que je l'épouserais et il y a certaines attentes qui vont avec cela.

Bien sûr, je peux essayer d'y échapper, mais cela le rendrait plus méfiant. Si je veux qu'il me fasse confiance et qu'il baisse sa garde, alors je dois passer un bon moment avec lui.

Je ne vois pas beaucoup Henry après ça. Il disparaît quelque part avec la main de Chelsea autour de sa taille et je me demande ce qu'ils feront ce soir.

Il ne connaît pas mon arrangement et il pense que je suis vraiment avec Franklin parce que je l'aime. Je sais qu'il n'a pas ces sentiments forts envers Chelsea, pas encore, mais ça ne l'empêchera pas d'aller coucher avec elle.

Nous ne sommes plus ensemble et pourtant la seule chose à laquelle je peux penser est qu'il me faudra beaucoup de courage pour passer la nuit avec Franklin.

Je suis Franklin jusqu'au dernier étage de l'immeuble, à cinquante étages au-dessus de la fête de fiançailles. Il a loué tout l'étage supérieur, qui se compose d'environ sept chambres. Nous l'avons pour la nuit, ou pour aussi longtemps que nous voulons être ici.

— As-tu passé un bon moment ? demande Franklin.

Il se sert un dernier verre de whisky et demande s'il y a quelque chose que je veux. Je vais dans l'immense réfrigérateur de plain-pied et attrape une orange. Je me verse un verre d'eau et épluche très lentement mon fruit.

Malgré toute la nourriture et les hors-d'œuvre qui ont fait le tour de la salle, je n'ai pas beaucoup mangé et ma bouche salive.

— Tu as faim ? il demande.

— Ouais, je n'ai pas beaucoup mangé.

— Eh bien, prends ce que tu veux là-dedans ou, si tu veux, je peux même te cuisiner quelque chose.

— Toi ? je demande

— Oui, je suis assez bon en cuisine.

Je ris.

— Tu ne me crois pas ? il demande.

Je secoue la tête et mord dans la première tranche.

— Je vais devoir te le prouver un de ces jours, dit-il. Je n'ai même pas de chef personnel à la maison. J'aime tellement cuisiner.

Je sens mes sourcils remonter au milieu de mon front. Ne pas avoir de chef personnel est très rare dans nos cercles. Je ne savais même pas comment faire une omelette avant d'aller à l'université.

— Je pense qu'il y a beaucoup de choses que je ne sais pas sur toi, j'avoue.

— En fait, tu ne sais pas rien de moi. Et je ne sais rien de toi. Je pensais que nous pourrions peut-être parler un peu et apprendre à nous connaitre.

J'enveloppe mon orange dans une serviette en papier et je l'apporte sur le canapé moderne surdimensionné du milieu du siècle, surplombant la ligne d'horizon de New York.

Je m'assois et recroqueville mes pieds sous mes fesses et l'invite à prendre place à côté de moi.

— Qu'est-ce que je ne sais pas sur toi ? je demande

— Il y avait une fille dont je suis tombé amoureux une fois, dit-il sans perdre un instant. J'avais quinze ans, elle avait seize ans et c'était mon premier amour. Nous avons parlé de nous marier, si tu peux le croire. Nous étions stupides et jeunes et pourtant elle était la seule chose qui avait un sens pour moi.

Je m'appuie contre le dossier du canapé et attends qu'il continue. Je n'avais jamais vu ce côté de lui auparavant. Je ne pense pas que beaucoup de gens le connaissent sous ce jour.

— Pour faire court, elle est morte, dit-il en regardant ses mains et en frottant son pouce contre son index.

— Elle est morte ? j'halète. Comment ?

— Dans un accident de voiture. C'était très soudain. Tué par un conducteur ivre. Il y a eu un procès et il a été condamné à dix ans de prison.

Ce n'était pas la première fois qu'il conduisait en état d'ivresse et ce n'était pas la première fois qu'il renversait quelqu'un. C'était un gros accident, mais cela a changé le cours de ma vie. Je ne sais pas où je serais si elle était toujours là. Je sais avec certitude que je serais une personne différente. Plus doux. Plus gentil.

Je ne sais pas quoi dire. Au lieu de cela, je me dirige vers lui et prends ses mains dans les miennes.

— Merci de me l'avoir dit, dis-je. Je ne savais pas que quelque chose comme ça t'était arrivé.

— Je sais, dit-il. Personne ne le sait. Je veux dire, mes parents la connaissaient. Mais la mesure dans laquelle je l'aimais et la mesure dans laquelle nous envisagions de passer notre vie ensemble, personne ne le sait, sauf pour toi.

— Pourquoi tu me dis ça ?

— Je ne sais pas, dit Franklin en secouant la tête.

Il hausse les épaules et essaie de se lever mais je continue à lui tenir les mains et le tire vers le bas.

— Non, dis-je. Reste avec moi.

C'est la première fois que l'on a l'impression d'avoir établi un lien depuis que je l'ai rencontré et je ne veux pas qu'il se rompe.

Peut-être qu'il n'est pas obligé d'être une énigme. Peut-être que je n'ai pas pris la peine de le connaître assez tôt.

— Pourquoi as-tu décidé me dire ça ? je demande encore.

Il me regarde dans les yeux et maintient un peu le contact visuel.

— Je crois que je te fais confiance, dit-il après un moment. Je crois que je veux que tu saches quelque chose sur moi qui est réel. Tu vois ce que je veux dire ?

J'hoche la tête et me penche plus près de lui.

Il passe ses doigts le long de mon cou et me rapproche de lui. J'ai mis ma tête sur son épaule. Il y a encore tellement de choses non dites entre nous et pourtant il y a une tendresse qui se forme qui est difficile à expliquer.

Je m'attends à ce qu'il m'embrasse à nouveau et
me conduise vers sa chambre, mais il ne le
fait pas.

Il attend simplement que je l'embrasse. Je le fais.
Légèrement, seulement un peu, puis recule.

— Je ne vais pas te faire faire ce que tu ne veux
pas faire, Aurora, dit-il.

— Merci, dis-je.

— Mais j'espère que nous pourrons être
ensemble très bientôt.

— Moi aussi, dis-je.

Encore une fois, j'attends qu'il fasse un pas, et
encore une fois il ne le fait pas.

Soit c'est un très bon menteur soit il est
authentique. Je ne le connais pas assez bien pour
juger de la différence mais j'ai l'intention de le
découvrir.

Nous restons assis un moment sans dire un mot.
Je me demande qui est cet homme que j'ai
accepté d'épouser, mais je commence à réaliser
que je ne sais rien à son sujet.

Je l'avais considéré comme un coureur de jupons et un connard, mais peut-être que j'avais tort.

Peut-être y a-t-il plus chez lui que ce qu'il pense.

Peut-être pouvons-nous trouver un terrain d'entente.

Peut-être que nous pouvons faire en sorte que cela fonctionne.

Franklin me regarde et me fait un petit sourire. Je souris en retour. Puis il se penche et met ses mains entre mes genoux.

Il me pousse contre le dossier du canapé et m'embrasse fortement.

Si fortement que ça fait presque mal.

— Qu'est-ce que tu fais ? j'arrive à dire. Lâche-moi !

— Allez, Aurora, dis-moi que tu n'en as pas envie.

— Je n'en ai pas envie.

Il m'embrasse plus fort. Il me pousse sur le canapé et monte sur moi.

J'ai la tête qui tourne.

Que se passe-t-il ?

Je pensais que nous avions créé un lien et maintenant ça ?

Je dois le faire arrêter. Mais comment ?

J'essaie de le repousser mais je ne peux pas bouger. Je suis tentée de le mordre, mais j'ai peur d'aggraver les choses.

Avec ses mains qui montent et descendent le long de mes côtes, il fait déjà des choses que je ne veux pas qu'il fasse.

Que se passerait-il si je le mettais vraiment en colère ?

Je me fige et m'allonge tranquillement pendant quelques instants, espérant qu'il s'arrêtera.

Mais ce n'est pas le cas. Il le voit comme un signal disant que je suis intéressée.

— Arrête, arrête s'il te plait, je lui murmure à l'oreille et je pousse à nouveau contre lui.

— Allez, s'il te plait ne sois pas comme ça, plaide-
t-il et attrape mes seins. Détends-toi, tu vas
t'amuser, je te promets. Comme toutes les
autres.

J'en doute vraiment, je me dis, mais n'ose pas le
dire à voix haute.

Et puis, quelque chose me vient à l'esprit. Je ne
sais pas si ce sera une façon de le décourager ou
un autre encouragement, mais c'est la seule chose
que je puisse éventuellement dire pour qu'il me
laisse tranquille. Et si ça ne marche pas ?

— En fait, j'ai mes règles, dis-je doucement.

Il fait une pause. Il se lève de moi et me regarde
dans les yeux.

Je hausse les épaules et regarde vers le bas,
comme si je m'excusais.

— Oh, merde, pourquoi tu n'as pas dit quelque
chose plus tôt ?

— C'est une chose personnelle à dire, j'admets.

— Oh, c'est pour ça que tu ne voulais pas le faire
? demande-t-il.

Je hausse les épaules et lui fais un léger signe de tête. Que faire d'autre ?

— D'accord, eh bien, dis-moi quand ça s'arrêtera et nous pourrons recommencer, dit-il, en se redressant et réajustant son costume. Tu sais que nous devons le faire, hein ? Je veux dire, nous sommes fiancés depuis combien de temps exactement ?

Alors qu'il s'éloignait de moi complètement imperturbable, je laisse échapper un soupir de soulagement prudent.

Je gagné du temps, mais pourrais-je le faire la prochaine fois ?

21

———

HENRY

Le lendemain matin, j'emmène ma mère déjeuner. Je n'ai pas passé de temps seul avec elle depuis longtemps, bien que nous parlions généralement au téléphone tous les deux jours environ.

Au cours des deux dernières semaines, elle n'a pas voulu faire de FaceTime, et je n'ai pas insisté, maintenant je comprends pourquoi.

Je ne sais pas ce qui ne va pas, mais elle a l'air beaucoup plus vieille qu'elle ne l'était avant mon départ. C'était il y a seulement quelques semaines, mais elle a l'air épuisée.

Elle semblait souvent fatiguée au téléphone, mais chaque fois que j'en parlais, elle s'énervait.

En ce moment, c'est agréable de s'asseoir au bord de l'eau et de regarder le vaste océan Atlantique. Notre nourriture arrive et je mords immédiatement dans mon taco au poisson. Elle prend son temps en disant qu'elle n'a pas aussi faim qu'elle le pensait. Elle me demande de lui parler de mon travail.

Maman est une écouteuse de podcasts dévouée depuis mon premier épisode, et elle a rarement une chose négative à dire. J'apprécie ça.

Elle n'a jamais été du genre à souligner mes erreurs et mes défauts, ce qui a fait de moi une personne plus confiante.

Avec le podcast, comme avec tout le reste, il y a suffisamment de gens dans le monde pour critiquer votre travail, vous n'avez pas besoin que cela vienne aussi de votre famille.

Mais aujourd'hui, je suis vraiment intéressé par ce qu'elle a à dire. Je lui raconte la dernière histoire et ce que c'était que d'interviewer la mère

de la fille disparue. Elle met sa main sur sa
bouche et s'incline légèrement d'un côté.

— Qu'est-ce qui ne va pas ? je demande

— Je suis vraiment triste, dit-elle. Je veux dire, je
sais que tu fais un travail important mais cela me
fait juste m'inquiéter de te voir entouré de toute
cette négativité tout le temps.

— Ne t'inquiète pas pour moi, ce n'est pas aussi
difficile qu'il n'y paraît.

— Tu vois, tu y deviens déjà insensible.

— Je suis obligé en quelque sorte. Je veux dire,
c'est comme ça quand tu es journaliste. Tu dois
sortir de l'ombre et raconter les histoires difficiles.
Et avec les histoires de meurtres, je me concentre
toujours sur la mort. Je n'ai pas la chance de faire
ces histoires légères où tout se passe bien à la fin.
Même s'il y a une justice, quelqu'un est mort.

— Je m'inquiète juste pour toi, dit ma mère, en
poussant légèrement ses cheveux hors de son visage.

— Pourquoi ? Je fais enfin ce que j'aime
vraiment, raconter des histoires. Honnêtement,

je ne savais pas que ce serait la direction dans laquelle j'irais, mais maintenant c'est tout à fait logique. Il y a tellement de créativité à donner vie à ces histoires de non-fiction. Et faire en sorte que les gens s'en soucient vraiment, en particulier des crimes qui se sont produits il y a longtemps ou des populations sous-représentées.

— Tu parles de ton cas dans le Dakota du Nord ? demande maman.

— Oui, en effet. Cette fille... Les gens l'ont juste oubliée. Elle a disparu, puis son corps a été retrouvé et le monde n'a pas cessé de tourner. Je sais que cela arrive tout le temps. Il y a des milliers de meurtres non résolus aux États-Unis, sans parler du reste du monde. Mais je suis en mesure de faire quelque chose à ce sujet. Je suis en mesure de faire en sorte que mes auditeurs se soucient d'elle et s'impliquent vraiment. C'est ainsi que ces problèmes sont résolus, bien après que la police les ait oubliés.

— Je comprends, bien sûr, dit maman, en déplaçant sa nourriture dans son assiette, mais sans prendre plus de quelques bouchées.

Je suppose qu'elle n'a pas faim, même si je ne l'ai

pas vue prendre le petit déjeuner non plus ou vraiment de dîner hier soir.

— Tu me connais, j'aime toutes ces vraies histoires de crime sur Dateline et Oxygen. Je veux dire, c'est à peu près tout ce que je regarde quand je ne regarde pas New York, police judiciaire.

Je glousse. Ma mère regarde New York, police judiciaire depuis des années. Je ne sais pas depuis combien de temps cela dure, mais je pense que ça approche son vingtième anniversaire et elle est une fervente fan depuis que je suis enfant.

— Je sais que tu écris beaucoup pour la série et que tu fais beaucoup de bon travail créatif, mais qu'en est-il de ta fiction ? Penses-tu y revenir ?

— En fait, oui. C'est drôle que tu en parles, mais j'ai travaillé sur un roman qui est en quelque sorte inspiré par mon travail ici. Peut-être, un thriller psychologique avec un soupçon de romance.

— Oh, ce serait merveilleux ! elle rit.

Maman prend une gorgée de son soda et commence soudain à tousser de façon incontrôlable. On dirait qu'elle s'étouffe, alors je me précipite rapidement de son coté de la table et lui tape sur le dos pour essayer de l'aider à s'éclaircir la gorge.

Mais après quelques instants, je me rends compte qu'elle ne s'étouffe pas, elle crache du sang.

Après quelques éclats plus violents, ma maman glisse du siège et tombe sur le sol.

— Maman ! Maman ! je lui crie de revenir vers moi. À l'aide ! Appelez une ambulance !

22

HENRY

Tout bouge au ralenti dans la salle d'attente sauf les battements de mon cœur. Les murs sont peints d'une couleur rose apaisante qui n'est ni apaisante ni particulièrement rose.

Les chaises sont moelleuses et usées, mais pas au point d'avoir des trous. Mais quand vous vous y installez, vous sentez qu'on s'y est déjà assis un million de fois dessus.

Je tripote la petite échancrure dans l'accoudoir que quelqu'un a laissée avec un stylo. Quelqu'un d'autre l'avait agrandie et approfondie avec une encre de couleur différente. Je frotte mon doigt dedans encore et encore mais ça ne fait pas disparaître l'anxiété.

Le médecin sort par les doubles portes avec une expression vide sur son visage. Elle l'a fait plusieurs fois auparavant.

Il n'y a personne d'autre dans la salle d'attente, mais elle me fait quand même passer les doubles portes où nous pouvons avoir un peu d'intimité.

Ce n'est pas bon. J'ai interrogé suffisamment de gens sur leurs interactions avec la police et le personnel médical pour savoir que lorsqu'ils font cela, toutes les nouvelles que vous entendez vont de mauvaises à terribles.

— Votre mère a un cancer, dit le médecin et ma tête commence à tourner. Elle continue de parler mais je n'entends pas les mots spécifiques qui sortent de sa bouche. Elle est juste devant moi et pourtant elle semble être à des kilomètres de là.

— Excusez-moi, pouvez-vous s'il vous plaît me répéter tout cela ? je lui demande.

Apparemment, cela arrive tout le temps. Elle est complètement imperturbable et répète ce qu'elle vient de dire.

Tout ce que j'entends, ce sont des morceaux de phrases.

Cancer.

Traitable.

Sérieux.

Radiation.

— Comprenez-vous ce que je dis, demande le Dr Purcella.

J'acquiesce même si c'est un mensonge.

— Son état est traitable et nous avons bon espoir, mais nous devons agir de manière agressive si nous voulons l'empêcher de se développer.

— Depuis combien de temps le savez-vous ? je demande

— Malheureusement, depuis quelques semaines. Nous devrions être beaucoup plus avancés que nous ne le sommes déjà, mais le traitement est coûteux et elle ne voulait pas laisser un testament de dettes.

— Un testament ? Quel testament ?

— C'est simplement ainsi que vous faites référence à la propriété d'une personne ou à toute autre chose qu'elle possède lorsque vous parlez de son décès, explique le Dr Purcella.

Je secoue la tête.

Non, non, non. Je le sais, bien sûr, je le sais.

— Qu'est-ce que cela a à voir avec quoi que ce soit ? Est-elle en train de mourir ?

— Non. Mais seulement si nous prenons des mesures agressives dès maintenant.

— Et elle ne veut pas faire ça ? je demande

— Non, elle hésite beaucoup. Le traitement est cher et quelque peu expérimental, et son assurance ne le couvre pas.

— Putain d'argent, je marmonne à moi-même. Pourquoi tout dans ce monde doit-il se résumer à cela ? Nous avons un peu d'argent, dis-je. Je veux dire, j'ai un peu d'argent. Et elle a la maison.

— Écoutez, je ne peux pas vous parler de la situation financière, je suis son médecin.

— Vous devez me dire la vérité. Que feriez-vous si vous étiez dans ma situation ?

— Je lui ferais suivre ce traitement dès que possible, quoi qu'il arrive.

— Et elle ne veut pas le faire parce que ça coûte trop cher ? je demande

— Elle ne veut pas perdre la maison, explique le Dr Purcella. Je ne sais pas ce qui va se passer, mais je peux vous faire une promesse. Si vous ne lui faites pas suivre ce traitement, elle va mourir. J'ai déjà essayé de lui expliquer cela. J'ai essayé de lui dire que sa vie est plus importante qu'une maison, mais elle ne semble pas comprendre cela.

— J'aurais voulu le savoir plus tôt, dis-je.

Le Dr Purcella hausse les épaules.

— J'aurais aimé pouvoir vous contacter, mais je suis son médecin et nos conversations sont privilégiées. Cependant, maintenant qu'elle est inconsciente et que vous êtes son plus proche parent, je vous le dis parce que j'espère que vous pourrez m'aider à lui sauver la vie.

Après le départ du Dr Purcella, je me promène longtemps dans la salle d'attente.

On dirait que j'essaie de décider quelque chose mais en réalité, j'essaie juste de trouver un moyen de convaincre ma mère de me laisser l'aider.

Je réalise les risques du traitement.

Rien n'est garanti.

Mais quand je recherche le Dr Purcella en ligne et que je recherche le traitement qu'elle a recommandé, j'ai bon espoir.

Malheureusement, c'est très cher et expérimental. Les compagnies d'assurance ne veulent pas le couvrir car il n'y a aucune garantie.

Mais il n'y a aucune garantie non plus avec la radiothérapie et la chimiothérapie.

Apparemment, ma mère le sait depuis des semaines et n'a pas pris la peine de me le dire. Nous avons parlé au téléphone à plusieurs reprises et elle me l'a quand même caché.

Maintenant, je réalise pourquoi elle avait l'air si fatiguée et épuisée quand je l'ai finalement vue en personne après tout ce temps. Le cancer la ronge et elle ne fait rien pour s'aider.

Quelques heures plus tard, les infirmières me disent que je peux entrer et lui parler. Je suis censé rester calme et ne pas l'exciter mais tout ce que je veux, c'est enrouler mes mains autour de ses épaules et la secouer aussi fort que possible.

— Comment tu vas ? je demande en entrant prudemment dans sa chambre.

Elle ouvre un peu les yeux, me regarde et les ferme à nouveau. Je m'assieds juste à côté d'elle et place sa main dans la mienne. La chambre a une odeur d'antiseptique.

Tout est propre et stérile, ce qui est une bonne chose, mais ça manque d'humanité. Ma mère est reliée à des machines qui l'aident à respirer et à soulager sa douleur, et j'espère juste que la science est suffisamment avancée pour la garder avec moi pendant des années.

Je m'assois avec elle pendant quelques heures jusqu'à ce qu'elle revienne enfin vers moi. Sa peau est pâle et ses yeux sont vides.

Sa bouche est sèche et ses lèvres sont gercées. Je lui apporte une tasse d'eau et elle s'assoit un peu pour la prendre.

Je veux lui demander comment elle se sent, mais j'ai peur de la réponse.

— Je suis désolée de ne pas te l'avoir dit, dit-elle en secouant la tête. Je suis tellement gênée.

Ces mots lui sont difficiles à dire, alors je lui tapote sur la main pour lui dire d'arrêter, mais elle continue.

— Ça va, dis-je doucement. Bien sûr, ce n'est pas le cas, mais ce n'est pas le bon moment pour en parler. Il faut que tu reçoives un traitement.

— Non, je ne peux pas. Je vais perdre la maison. C'est trop cher.

— Je m'en fiche, c'est juste de l'argent.

— L'argent c'est tout, dit-elle.

— Non, dis-je sévèrement, en la regardant droit dans les yeux. L'argent est un moyen d'obtenir quelque chose. Je ne vais pas te perdre pour quelque chose d'aussi stupide qu'une maison.

Elle commence à dire autre chose, mais j'appuie mon doigt sur ses lèvres et l'arrête.

— Je sais que tu as travaillé très dur pour cette maison et cela signifie tout pour toi. Mais pour moi, ce n'est qu'une maison. Je préférerais avoir ma mère dans ma vie que cette propriété.

— Et que se passera-t-il après la perte de la maison ? demande-t-elle.

23

HENRY

JE NE SAIS PAS de quoi parle ma mère et je la
regarde, attendant qu'elle m'explique.

— Qu'est-ce que tu racontes ? je demande

— Je n'ai que la maison, dit-elle doucement. Je
n'ai rien de plus que ça. Si je commence ce
traitement, je ne pourrai plus travailler. Je n'aurai
pas de revenu. Que va-t-il se passer alors ?

— Je ne veux pas que tu t'inquiètes de tout ça,
dis-je en lui serrant la main. Tu t'es assez occupée
de moi, maintenant c'est mon tour.

— Mais tu ne peux pas te le permettre, dit-elle
en secouant la tête.

Je déglutis difficilement.

Elle a raison. Je ne gagne pas beaucoup d'argent. Je veux dire, assez pour moi et un peu plus, mais pas assez pour couvrir tous ces traitements médicaux.

De plus, une fois qu'elle aura commencé à se rendre à tous ces rendez-vous, elle aura également besoin d'une aide supplémentaire à la maison. Qu'est-ce que cela signifie pour mon travail au Dakota du Nord ?

Elle sait tout cela et c'est exactement pourquoi elle ne m'a jamais dit ce qui se passait.

— Je suis vraiment en colère contre toi, dis-je après un moment.

Ses yeux s'ouvrent grand.

— Tu n'avais pas le droit de faire ce que tu as fait, dis-je. Tu aurais dû recevoir un traitement lors de ton premier diagnostic, lorsque le médecin t'a dit ce que tu devais faire. Mais tu as attendu et maintenant... Et si nous n'avions pas assez de temps ?

— Ce qui doit arriver arrivera, dit-elle avec un haussement d'épaules.

Parfois, son attitude défaitiste est utile, surtout dans les moments où nous étions confrontés à une situation dont nous ne pouvions pas nous sortir. Mais ce n'est pas une de ces situations.

Non, il s'agit de saisir vos opportunités et de les exploiter avec tout ce que vous avez.

— Je ne veux pas que tu t'inquiètes de quoi que ce soit, sauf de comment te soigner, lui dis-je. Tu dois concentrer toute ton énergie sur cela. L'argent n'a pas d'importance. Je veux trouver quelque chose.

Elle secoue la tête.

— Tu ne me crois pas ? je demande

— Je sais que tu as maintenant beaucoup d'amis riches, mais cela ne veut pas dire que tu as de l'argent.

— Je sais, dis-je doucement. Tu ne penses pas que je le sais ?

— Je ne sais pas quoi penser, dit-elle, détournant son visage de moi.

Aurora se marie avec quelqu'un d'autre, tu le sais, non ?

Je m'éloigne de maman. C'est la première fois qu'elle mentionne le nom d'Aurora depuis notre rupture.

— Que veux-tu que je fasse à ce sujet ? je demande

— Tu l'aimes, dit ma mère. Pourquoi ne lui dis-tu pas ?

— Parce qu'elle est fiancée à quelqu'un d'autre, et elle me dit qu'elle l'aime.

— Ce n'est pas suffisant, dit-elle.

Je prends une profonde inspiration et expire lentement.

— On va passer un accord toi et moi, ok ? je demande

— Quel genre d'accord ?

— Tu promets de commencer le traitement et de combattre cette maladie avec chaque cellule de ton corps et, si tu le fais, alors je promets de dire à Aurora ce que je ressens pour elle, peu importe ce que cela me coûte.

— Je te le promets, dit ma mère et ferme les yeux.

———

SUR LE CHEMIN DU RETOUR, plus tard dans la soirée, ma mère continue de s'attarder sur le coût de l'ambulance.

— Je sais que ça va se compter en milliers de dollars, dit-elle encore et encore.

— C'est ce que c'est. Je ne savais pas ce qui se passait. Tu as craché beaucoup de sang et tu t'es évanouie. Que devais-je faire ?

— Tu devais m'aider à monter dans la voiture et me conduire là-bas, dit maman. Ces choses arrivent. Mais elles ne doivent pas coûter 3000$ pour rien.

— Ce n'est pas pour rien, je suis déjà passée par là, me répète-je.

Nous tournons en rond encore et encore jusqu'à
la maison.

Elle est fâchée contre moi de ne pas avoir
économisé d'argent, et je suis fâché contre elle
pour m'avoir caché sa maladie.

Malgré la dispute, j'ai l'impression que nous
sommes tous les deux en colère contre la même
chose. Elle est jeune et rien de tout cela ne
devrait se produire. Pourtant, étant donné à quel
point elle me combat là-dessus, cela me donne
l'espoir qu'elle pourra vraiment vaincre son
cancer après tout.

Quand je la ramène chez elle, je l'aide à se
coucher.

Je me fais une tasse de thé et m'assois sur le
même vieux canapé dans lequel je m'assois
depuis des années. J'essaie d'enterrer mes soucis
dans le travail. Je consulte mes courriels, mais je
suis trop fatigué pour écrire à qui que ce soit.

J'ouvre les articles de recherche que Liam m'a
envoyés mais je suis trop fatigué pour les lire. Les
mots sont tous mélangés et j'oublie ce que j'ai lu

dans le paragraphe du dessus lorsque je commence à lire celui du dessous.

Non, je suis trop fatigué pour me concentrer. J'ouvre Netflix et me perds dans un vieil épisode de *Frasier*.

C'est une vieille sitcom des années 90 que je n'ai jamais regardée quand elle était d'actualité mais à laquelle j'ai vraiment accroché.

Un épisode se transforme en un autre, et un autre, et je commence à me sentir un peu mieux. Pas assez bien pour rire, mais peut-être un sourire.

Quelques heures plus tard, fatigué et le cerveau en compote, je parviens enfin à m'endormir.

LE LENDEMAIN MATIN, je me lève tôt et prépare le petit déjeuner de ma maman. Il y a tellement de choses dont je veux lui parler mais malheureusement, je ne peux pas.

Une fois ses œufs cuits, je les emmène dans sa chambre. Mais elle est trop fatiguée pour les manger. Elle ouvre brièvement les yeux mais me demande ensuite de la laisser seule.

Je finis par manger son petit déjeuner seul, assis à la table de la salle à manger et à regarder la pile de factures que j'ai ramassée sur la commode à proximité.

Je ne sais pas comment j'ai pu ne pas les voir avant. Habituellement, ma mère garde sa maison très bien rangée, mais récemment, elle n'a été qu'un fouillis.

Je trouve toutes ses factures dans une pile juste en dessous d'une photo encadrée de moi au lycée. Je regarde le garçon avec des bretelles, des boutons, des cheveux un peu trop courts et un visage un peu trop joufflu et je me souviens à quel point je voulais être adulte à l'époque, et comment maintenant je souhaite pouvoir redevenir un enfant.

Je prends une profonde inspiration et commence à parcourir ses factures. Bien qu'elle n'ait pas suivi le traitement expérimental, elle a dû payer beaucoup de factures pour ses médicaments.

Par beaucoup, je veux dire, par milliers. Je recherche le montant de la facture d'ambulance sur mon téléphone.

C'est presque quatre mille dollars. Au bas de la pile, je trouve les avis d'expulsion.

Elle a manqué le paiement hypothécaire au cours des trois derniers mois, et ce ne sont que les paiements que je trouve.

Je me prépare une autre tasse de café en essayant de trouver quoi faire. J'ai enfin un emploi stable avec des perspectives d'avenir, mais mon salaire est loin d'être le montant dont j'ai besoin pour couvrir ces paiements.

De plus, il est clair pour moi maintenant que ma mère aura besoin de beaucoup plus d'aide que je ne l'avais imaginé.

Je dois aller au Dakota du Nord parce que je dois raconter cette histoire, développer mon podcast et, espérons-le, mon salaire, mais je dois aussi rester ici et prendre soin d'elle.

Je ne peux pas me permettre une infirmière à plein temps. Elle gagne probablement autant que moi par mois.

Qu'est-ce que je fais ?

Je prends une profonde inspiration et me force à ne pas m'y attarder trop longtemps.

Je dois contacter Franklin.

Je décroche mon téléphone et clique sur son nom.

Après quelques sonneries, Aurora répond.

— Merde, dis-je au téléphone, sans m'en rendre compte.

— Henry ? demande-t-elle.

Je soupire bruyamment et secoue la tête. La seule raison pour laquelle elle répondrait à son téléphone est qu'elle a passé la nuit avec lui. Je me sens tellement stupide.

Bien sûr, elle avait passé la nuit avec lui, ils sont fiancés.

C'est sa putain de fiancée.

— Franklin dort, dit Aurora.

— D'accord, peu importe, fais-lui juste savoir que j'ai appelé, marmonnai-je.

— Je suis désolée d'avoir répondu à son téléphone, dit-elle doucement. Je pensais que c'était le mien.

— Non, bien sûr, cela n'a pas d'importance.

J'entends qu'elle est sur le point de dire autre chose, mais je raccroche.

Je ne supporte pas d'écouter ça plus longtemps. Je veux qu'elle revienne dans ma vie plus que je ne pourrais jamais l'expliquer ou le dire et maintenant je suis certain que cela n'arrivera jamais.

Franklin me rappelle plus tard dans l'après-midi.

Je vais droit au but.

— Je ne peux pas accepter ce travail dans le Dakota du Nord, dis-je le plus fermement possible.

— Pourquoi pas ?

Je suis tenté de mentir parce que je ne veux pas en parler à voix haute, mais il n'acceptera pas mon refus si je ne lui dis pas la vérité.

— Ma maman est vraiment malade, dis-je, très conscient du fait que ma voix craque au milieu de la phrase. Je n'en avais aucune idée. Elle ne m'avait rien dit mais elle a un cancer.

Ma tête commence à tourner tandis que je lui dis tous les détails. Il pose des questions et écoute attentivement puis accepte de me laisser travailler à domicile.

— Que fais-tu demain soir ? demande Franklin.

— Je ne sais pas, j'étais censé être sur le vol de l'après-midi pour Fargo.

— Et bien, tu es libre alors.

— Oui, je suppose, dis-je.

— J'organise un dîner et j'aimerais que tu viennes.

— Non, je ne pense pas -

— Viens, dit Franklin.

Le ton de sa voix donne l'impression que ce n'est pas quelque chose que je puisse refuser.

Ne voulant pas sembler ingrat pour sa compréhension de ma situation, j'accepte à contrecœur.

24

HENRY

Je me rends dans l'immeuble de Franklin vers 18 heures. Il s'agit d'un tout nouveau bâtiment de verre avec des condos luxueux et surdimensionnés. Les bas de gamme mesurent environ 300 mètres carrés, ce qui peut ne pas sembler beaucoup mais est assez énorme à New York.

Il y a un portier qui m'accueille et un homme qui me montre l'ascenseur puis appuie sur le bouton. Nous montons ensemble jusqu'à l'appartement de Franklin au sommet.

Pendant tout le voyage, je me demande si je devrais lui donner un pourboire et réalise ensuite que je n'ai pas d'argent. Dire que je me sens comme un poisson hors de l'eau serait un grave euphémisme. J'essaye de me rattraper avec une conversation polie.

Un bip silencieux indique que nous sommes arrivés au dernier étage. Les portes de l'ascenseur s'ouvrent directement sur son appartement.

— Hé, dit Franklin, marchant vers moi dans son costume de trois mille dollars parfaitement ajusté. Je suis content que tu aies réussi à venir.

Je lui fais un signe de tête et nous nous serrons la main.

— Comment vas-tu ? il demande. Comment va ta mère ?

Aurora et Chelsea sortent de la salle à manger pour me saluer, tenant des verres de champagne étincelants et riant.

Aurora est à couper le souffle dans une élégante robe noire courte et de petits talons et Chelsea est magnifique dans une robe rouge vif avec des lèvres assorties.

Elles sont censées être assorties mais ce n'est pas le cas.

— Je suis désolé, je ne suis pas assez chic, dis-je en jetant un coup d'œil à mon manteau de sport TJ Maxx qui est d'une nuance de noir différente de celle de mon pantalon.

— Tu es superbe dit rapidement Franklin. Entre et laisse-moi t'apporter quelque chose à boire.

Aurora me regarde de haut en bas et me fait un petit sourire.

— Ne t'inquiète pas, murmure-t-elle dans un souffle.

Je ne suis pas vraiment inquiet, je me sens juste hors de propos.

— Est-ce que quelqu'un est censé venir ? je demande quand Franklin m'emmène dans une arrière-cuisine entièrement consacrée au vin et me verse un verre.

— Il devait y avoir un autre couple mais ils ont annulé.

La cave à vin est plus grande que ma chambre à la maison et accueille des milliers de bouteilles. La température est plus froide que dans le reste de l'appartement et les murs donnent l'impression d'être dans une cave profondément souterraine, quelque part dans le sud de la France.

Franklin me montre les bouteilles à l'extrême droite, pour les occasions et me dit que celles-ci appartenaient autrefois à Thomas Jefferson.

— Tu prévois de boire ça ? je demande

— Non, bien sûr que non, dit-il. Pour être honnête, c'est probablement du vinaigre maintenant. Cela fait si longtemps. Mais tu sais ce qu'ils disent des amateurs de vin, nous sommes les plus gros snobs. Donc, le simple fait qu'il lui appartenait autrefois me suffit pour les garder là-haut.

De retour dans le salon opulent, Aurora sort avec les hors-d'œuvre.

— Ça a l'air vraiment bon, dit Franklin, et donne un petit bisou sur la joue d'Aurora.

— C'est toi qui les as faits ? je lui demande.

Elle me fait un léger signe de tête.

— Je suis choqué, dis-je. Je ne savais pas que tu savais cuisiner.

— Eh bien, non, dit-elle timidement. Mais Franklin a insisté.

— Que lui fais-tu ? demande Chelsea en riant.

— Eh bien, elle va être ma femme et j'aimerais avoir une femme qui sait cuisiner.

— Alors tu aurais dû épouser quelqu'un qui sait déjà cuisiner ! dit Chelsea. Tu lui as sérieusement fait cuisiner ça ?

Il rit et Aurora aussi, mais au vu de l'expression sur son visage, je ne suis pas sûr que ce soit drôle.

Que se passe-t-il ici ? Je me le demande.

Aurora n'a jamais rien cuisiné de sa vie, au-delà de quelques plats simples. De plus, tout le monde ici sauf moi a eu des chefs personnels toute leur vie d'adulte, alors pourquoi le changement maintenant ?

— Tu vois, j'essaie juste d'enseigner à Aurora quelques choses. Elle a été un peu trop choyée par ses parents et maintenant qu'elle va être ma femme, j'aimerais qu'elle sache où elle en est.

Des frissons parcourent ma colonne vertébrale.

J'ai entendu des rumeurs sur Franklin, mais c'est la première fois que je vois ce côté de lui.

Je jette un œil à Aurora et essaie de comprendre ce qu'elle ressent à ce sujet. Mais elle se recroqueville loin de moi.

Chelsea et moi échangeons un regard puis Franklin se met à rire.

Il prétend que ce n'était qu'une plaisanterie, et après avoir donné à Aurora une légère tape sur les fesses, il la renvoie dans la cuisine.

Après avoir terminé l'assiette de choux de Bruxelles rôtis, Aurora sort le dîner et le sert elle-même. Tous les domestiques ont été renvoyés chez eux et c'est à elle d'agir comme hôtesse. Chelsea et moi essayons tous les deux d'aider, mais Franklin nous arrête.

— Écoutez, vous êtes tous les deux des invités ici, c'est l'hôtesse. Je veux la voir mettre la table et nous faire passer à tous un bon moment. Je veux dire, allez, c'est ma fiancée après tout. N'est-ce pas ce que font les femmes ?

— Non, déclare Chelsea. Et tu le sais.

— Allez, laisse-moi t'aider, dis-je à Aurora quand elle sort avec les plats principaux.

— Asseyez-vous, nous dit Franklin.

Je jette la tête en arrière et le regarde dans les yeux.

— Asseyez-vous, se répète-t-il.

— Non, dis-je sévèrement. Ta fiancée a besoin d'aide et je vais l'aider.

Je lui enlève les plats et les pose soigneusement sur la table.

Puis je la suis de retour dans la cuisine et je prends les ustensiles pour mettre le reste de la table. Pendant que nous y sommes, je lui demande ce qui se passe mais elle secoue la tête et me fait signe de la main.

— Tu dois me le dire, j'insiste.

— Non, pas vraiment, dit-elle.

— Aurora - je lui attrape le bras.

— Laisse-la partir, dit Franklin.

Je me retourne et le vois dans l'embrasure de la porte me regarder.

— J'essayais juste... ma voix s'interrompt.

— Je sais ce que tu essayais de faire. Tu essayais de l'intimider et je ne te laisserai pas faire.

— Non, ce n'est pas ce que je faisais, dis-je rapidement. J'essayais juste de comprendre ce qui se passe ici.

— Il ne se passe rien ici. Nous avions fait un pari sur qui préparerait le dîner et elle a perdu. Alors, elle est là, en train de préparer le dîner.

Je secoue la tête, ne voulant pas le croire. Je jette un œil à Aurora.

— Est-ce vrai ? je demande

— Est-ce vrai ? Je demande encore.

— Oui, bien sûr que c'est vrai, dit-elle en posant ses yeux sur les miens.

25

HENRY

Nous dînons tous les quatre. Au début, c'est un peu gênant, mais Chelsea prend rapidement le relais et met tout le monde à l'aise.

La conversation passe d'un sujet à un autre, sans effort et chaque fois que je me tais, quelqu'un d'autre reprend.

Je ne sais pas grand-chose sur Chelsea, mais je mentirais si je disais que je n'étais pas un peu intéressé.

Nous avons passé un bon moment à danser à la fête et elle est assez séduisante. Je suis content que l'autre couple ait annulé pour que je puisse la connaître davantage.

Quand je lui pose des questions sur son travail, elle passe sous silence son immobilier et ses investissements et se concentre plutôt sur son travail caritatif.

— C'est ce qui m'intéresse vraiment, déclare Chelsea. Ma fondation vise à rendre les soins médicaux gratuits pour les enfants malades et nous faisons également des donations aux associations de sauvetage d'animaux.

Quand je prends une seconde portion du délicieux saumon glacé d'Aurora, Franklin m'interroge sur ma mère.

Je n'avais pas prévu d'en parler, mais je n'ai pas vraiment le choix.

Je lui parle du diagnostic et je réitère à quel point je suis reconnaissant de pouvoir faire mon travail depuis New York.

— Je suis désolé de ne pas pouvoir enquêter sur cette histoire, dis-je à Franklin.

— Ne t'inquiète pas. Bien sûr, il faut que tu sois ici. Je comprends parfaitement.

Alors que je parle de ma mère, je jette un coup d'œil à Aurora et la vois combattre ses larmes.

— Je suis désolée, je ne devrais pas être si émotive, dit-elle en essuyant une larme. Je n'avais juste aucune idée que tu traversais ça.

— J'aurais dû te le dire plus tôt, dis-je doucement.

— Comment tu paies tout cela ? demande Chelsea après une longue pause.

Sous la table, j'appuie mes mains sur mes genoux et essaie de contenir mes émotions.

— Je m'en occupe, dis-je rapidement.

— Mais cela doit te coûter une fortune, explique Aurora.

— Oui, vraiment, j'avoue.

Je débats pour savoir si je dois ou non entrer dans les détails de tout ce que je vis. Comment ces trois personnes pourraient-elles comprendre ?

Mais quand je regarde leurs visages, je vois qu'ils sont ouverts à l'écoute.

Alors pourquoi ne pas leur dire ? Ils savent que je ne suis pas riche. Merde, je ne suis même pas riche du tout. Je suis à peu près sûr que tous ceux qu'ils emploient gagnent plus que moi, alors que dois-je cacher ?

Je prends une profonde inspiration et une grande gorgée de mon vin. Assis contre la chaise, je tends mon verre et demande :

— Que voulez-vous savoir ?

— Tout, dit Aurora. Combien cela coûtera-t-il ?

— Beaucoup, dis-je.

— Peux-tu être plus précis que cela ? demande Franklin.

— La facture d'ambulance est de 3 700$, dis-je. Je ne sais pas combien coûtera la facture des urgences. Elle est en retard sur ses versements hypothécaires et a même obtenu un avis d'exclusion de la banque. L'hypothèque est d'un peu plus de 2 000 $ par mois. Elle ne fait même pas encore le traitement expérimental et son analgésique coûte près de deux mille dollars par mois. C'est pourquoi elle a trois mois de retard sur son prêt hypothécaire.

Ils ne disent rien alors je continue.

— Ma maman ne m'a rien dit avant de s'évanouir au restaurant. En fait, elle me le cachait. Elle ne voulait pas que je m'inquiète. Mais maintenant, les choses sont devenues un peu incontrôlables. J'ai économisé de l'argent, mais pas beaucoup. Bien sûr, j'économiserai de l'argent en emménageant avec elle, mais le traitement sera probablement proche de 50 000 $, je n'en suis pas sûr. Comme toi, Franklin, et probablement toi, Aurora, vous savez que mon salaire est de 48 000 $ par an.

Aurora secoue la tête et se mord la lèvre inférieure.

Franklin et Chelsea échangent un regard que je ne comprends pas très bien.

— Je sais que cela semble être un petit problème pour vous trois, mais c'est un gros problème. Comprenez, je ne vous demande rien. C'est juste quelque chose que je traverse et que beaucoup d'Américains traversent.

Franklin essaie de dire quelque chose pour que je me sente mieux, mais je l'ai coupé.

Je n'ai pas besoin de sa sympathie et je n'ai pas besoin de sa pitié. Il m'a demandé ce que je vivais et je lui ai dit.

Maintenant, je ne veux plus en parler. Heureusement, Chelsea reprend la parole et tourne la conversation vers autre chose.

Quand Chelsea aide Aurora à faire la vaisselle, Franklin me prend à part et me demande de l'accompagner dans une autre pièce.

Moderne et blanc, le bureau est vide à l'exception de l'immense table en verre au centre avec deux énormes écrans d'ordinateur face à une chaise pivotante en cuir.

Il y a des fenêtres du sol au plafond de tous les côtés, donnant sur Manhattan.

— Wow, dis-je. Je dois te dire que je m'attendais à un intérieur en noyer foncé avec des bibliothèques et des œuvres.

— J'ai une bibliothèque, mais elle se trouve dans une autre partie de la maison. D'ailleurs je n'aime pas y être quand il fait sombre à l'intérieur et, avec le temps que nous avons ici, je voulais que mon bureau soit le plus lumineux possible.

— C'est magnifique, dis-je.

— Écoute, la raison pour laquelle je voulais t'amener ici est pour te donner quelque chose.

Je lui fais un signe de tête.

Il sort son téléphone et appuie sur quelques boutons.

— Que veux-tu me donner ? je demande

Mon téléphone sonne.

— Pourquoi n'ouvres-tu pas ce message ? il suggère. Je baisse les yeux et constate que j'ai une notification de mon application bancaire.

Je clique sur la notification et ma mâchoire tombe ouverte.

26

HENRY

JE REGARDE MON TÉLÉPHONE, incapable d'en croire mes yeux. Secouant la tête, je le regarde.

— Non, je ne peux pas accepter.

— Si. Je suis ton patron, tu te souviens ? dit-il, jetant sa tête en arrière avec un rire.

Sérieusement, je sais que tu as beaucoup de factures et je sais que tu vas avoir beaucoup de factures à l'avenir. Tu es mon ami et je veux que tu acceptes cet argent... en cadeau.

— Absolument pas, dis-je. *Si*, et c'est un gros si, si je l'accepte, ce sera un prêt.

Franklin rit encore.

— Qu'est-ce qui est si drôle ? je demande

— Je sais que c'est beaucoup d'argent pour toi, mais sérieusement, c'est ce que je gagne en quelques heures avec mes investissements. Ce n'est vraiment pas un gros problème et je veux que tu cesses de te soucier de quelque chose de si... *insignifiant*.

— C'est 30 000 $, dis-je en levant les yeux vers lui.

— Exactement, dit-il. C'est seulement trente mille dollars. J'ai dépensé plus que cela en vin en un mois. Prends l'argent, c'est un cadeau, et ne t'en fait pas.

Je secoue la tête, regardant mon téléphone.

— Ce dont je veux que tu t'inquiètes, c'est de ta prochaine histoire, ton prochain scoop. Tu es l'un des meilleurs journalistes d'investigation qui travaille pour moi et ton podcast est incroyable et chiffre bien, mais je veux qu'il soit numéro un chaque semaine. C'est là-dessus que je veux que tu te concentres, en plus de simplement passer du temps avec ta maman.

Je ne sais pas quoi dire. Je le remercie encore et encore mais les mots ne semblent pas suffire.

— Si jamais tu as besoin de plus d'argent pour les factures médicales, ou une infirmière, ou autre, fait le moi savoir. Ce n'est vraiment pas un gros problème du tout.

Je lui fais un câlin chaleureux et lui dis :

— Merci beaucoup. Tu ne sauras jamais ce que cela signifie pour moi.

Je sors avec Chelsea après le dîner. Elle drape son manteau sur ses épaules mais ne le met pas et je regarde la partie allongée de son cou et combien elle est belle au crépuscule.

— Je suis sûre que c'était assez gênant pour toi, dit Chelsea, étant donné qu'Aurora est ton ex-petite amie et tout.

— Ouais, on pourrait le penser mais ce n'était pas vraiment un problème. Je m'habitue au fait que nous ne soyons plus ensemble.

— Pourrais-tu me faire une faveur ? demande Chelsea.

— Bien sûr, n'importe quoi.

— Peux-tu me raccompagner à la maison ?

— Oh oui bien sûr.

— Ce n'est pas parce que j'ai trop bu, ajoute-t-elle. C'est juste que ça fait très longtemps qu'un gars ne m'a pas ramené à la maison et ça me manque un peu.

— Vraiment ? Mais j'ai entendu de Franklin que tu sortais beaucoup.

— C'est ce que je veux que Franklin pense, mais ce n'est pas vrai.

— Raconte, dis-je en appelant un Uber sur mon téléphone.

— Eh bien, Franklin et moi avons une relation compliquée, donc je ne veux pas exactement lui dire la vérité sur le fait que je sois célibataire. Surtout maintenant qu'il est tellement amoureux d'Aurora et qu'ils sont fiancés.

Pendant le trajet, nous parlons beaucoup de nos anciennes relations et découvrons que nous avons en fait un certain nombre de choses en commun.

Elle semble avoir le cœur brisé par Franklin autant que moi par Aurora et elle fait même une blague sur le fait que nous devrions nous allier et essayer de les briser.

Nous parlons de la façon dont nous pourrions éventuellement le faire, mais aucun de nous ne propose un plan réalisable.

Quand je la dépose à son appartement, je la conduis jusqu'à sa porte. Nous avons tous les deux un peu trop bu et l'un des voisins nous a engueulés et nous a même fait nous taire comme si nous étions des enfants.

En riant, je la suis dans son appartement.

— J'ai les pires voisins du monde, explique Chelsea. C'est l'un des problèmes d'être aussi riche que moi et de pouvoir me permettre de vivre là où je vis. Je suis complètement entourée de vieilles veuves ou de vieillards effrayants qui ont l'impression de pouvoir me traiter comme de la merde juste parce que c'est ce qu'ils ont toujours fait aux femmes depuis les années 50.

Je ris. Quand elle manque un pas et trébuche, je passe ma main autour de sa taille et la soulève.

Nos yeux se rencontrent et aucun de nous ne détourne le regard.

Elle est belle et drôle et avant que ne je sache ce que je fais, je me sens me rapprocher d'elle. Nos lèvres se touchant presque, elle monte sur la pointe des pieds et m'embrasse.

Ses lèvres sont douces mais sa bouche est forte. Elle enfouit ses mains dans mes cheveux et j'enroule mes bras autour de sa taille. Je garde les yeux fermés. Quand je les ouvre un instant, il me vient à l'esprit qu'elle n'est pas Aurora.

Je pousse un soupir. Avant que je puisse m'éloigner, elle attrape ma chemise et me rapproche. Quelques instants plus tard, nous sommes sur le sol de la cuisine.

— Je sais ce que tu penses, déclara Chelsea.

— Quoi ? je marmonne à travers le baiser.

— Tu veux que je sois elle.

— Non bien sûr que non.

— Si, c'est vrai. Et je veux que tu sois Franklin.

Elle doit être vraiment ivre ou peut-être que je le
suis, mais je ne sais pas comment répondre à cela.

— Écoute, faisons-le, dit-elle. Je veux ressentir
autre chose que de la douleur. Je veux ressentir
quelque chose de réel.

Je secoue la tête. J'aurais peut-être pu le faire
avant, mais maintenant ça me semble trop…
bizarre.

Je m'éloigne de Chelsea et me lève. Je me dirige
vers le salon. Je m'assois sur son canapé moelleux
et regarde la statue inhabituelle d'un dragon dans
le coin de la pièce. Il mesure près d'un mètre de
haut et prendrait toute la place s'il y avait quoi
que ce soit d'autre dans la pièce.

— Tu n'aimes pas cette idée, n'est-ce pas ?
demande Chelsea en s'asseyant sur le siège à côté
de moi.

— Non, pas vraiment.

— Tu sais, tu es la première personne à me le dire depuis très longtemps, elle rit. Non, en fait ! Je pense que tu es la première personne à m'avoir dit quelque chose comme ça. Quelque chose de vrai.

— D'accord, merci, je crois, dis-je.

— Non, merci à *toi*. Dans ma vie, j'ai beaucoup de gens qui disent oui à tout et pas trop de gens qui me disent la vérité.

Chelsea se lève et se dirige vers le bar au fond de la pièce. Elle se verse un verre de vin puis me demande si je veux quelque chose.

Je secoue la tête non. Cette soirée a déjà été longue et déjà assez arrosée.

— Je pensais que Franklin te dirait la vérité, dis-je. Il semble être le type.

Elle hausse les épaules et s'assied à côté de moi sur le canapé, cette fois beaucoup plus près.

— On pourrait le penser, mais il a eu d'autres problèmes.

Je veux lui en demander plus sur lui et leur relation, mais quelque chose me retient.

— Écoute, la journée a été longue et je dois rentrer chez moi.

— A Montauk ?

— Ouais, dis-je.

— Mais c'est un trajet de trois heures.

— C'est là que vit ma mère.

— Je suis vraiment désolée qu'elle soit malade, dit-elle, s'arrêtant légèrement au milieu comme si prononcer le mot cancer était trop difficile pour elle.

— Merci, j'ai vraiment l'espoir que tout ira bien.

— Tu as été si courageux de venir nous parler de sa situation.

— Ouais. Ou peut-être que je suis juste un réaliste. Je ne sais pas. Je veux dire, je ne vais pas m'asseoir autour d'une table et prétendre que ma vie ressemble à la vôtre, alors j'ai pensé pourquoi ne pas simplement vous dire la vérité ? Surtout puisque tu as demandé.

Chelsea se rapproche de moi, pressant ses lèvres contre les miennes. J'essaye de m'éloigner, mais non. Ça fait du bien de l'embrasser et je ne me suis pas senti bien depuis longtemps.

Chelsea enfouit à nouveau ses mains dans mes cheveux, tirant légèrement et envoyant des frissons le long de ma colonne vertébrale. Je passe mes doigts sur son cou et sur sa clavicule. Ensuite, je suis le même chemin avec ma bouche, jusqu'à ses seins.

Elle appuie son corps contre le canapé, cambrant son dos. Quand je l'embrasse, elle enfonce ses doigts dans mon dos. Nos bouches ne font qu'un tandis que nos langues s'entrelacent.

Soudain, elle me repousse.

— Qu'est-ce qui ne va pas ? Je demande alors qu'elle se redresse et jette sa tête entre ses jambes.

Son corps émet un fort bruit de nausée et elle vomit.

— Est-ce que ça va ? je demande, balayant ses cheveux hors de son visage.

— Je suis désolée, marmonne-t-elle et vomit à nouveau.

— Ça va, je me répète encore et encore. Ça va. Je veux juste que tu te sentes mieux.

Je cours vers la cuisine et lui verse un verre d'eau. Après l'avoir aidée à aller dans la chambre, je la mets dans son lit. Je mets la poubelle non loin au cas où.

— Merci beaucoup, marmonne-t-elle en éteignant les lumières.

Après avoir nettoyé le canapé et le sol, je jette les serviettes en papier et quitte son appartement.

27

AURORA

Le lendemain matin, je me réveille tôt et décide de surprendre Franklin avec du café et des bagels. Je n'ai pas passé la nuit avec lui, mais je suis retournée à mon appartement dès que Chelsea et Henry sont partis. Mais Henry m'a envoyé un texto et m'a parlé de l'argent qu'il lui avait donné. Je sais que ce n'est pas beaucoup pour Franklin, mais je suis toujours choquée par sa générosité. Cela signifie tellement pour Henry.

Je suis tellement surprise par sa gentillesse que je commence à me demander si je me trompe à son sujet. Peut-être qu'il n'est pas une personne aussi terrible que ce que j'avais cru.

La vérité est que je ne connais pas vraiment Franklin. J'ai pensé que tout ce temps que nous avions passé ensemble m'éclairerait sur qui il est vraiment, mais ce n'est pas le cas. Et chaque nouvelle information ne fait qu'ajouter au mystère.

Le portier me fait signe et le préposé à l'ascenseur parle peu de la météo pendant que nous montons.

J'entre et pose le petit déjeuner sur la table de la cuisine. Au lieu de le laisser dans le sac en papier brun, je mets tout sur les plats de service, les bagels, les différents types de fromage frais et les fruits.

Je ne sais pas vraiment quel genre de bagels ou de fruits ou même de petit-déjeuner Franklin aime, mais je pense qu'aujourd'hui est aussi bon que n'importe quel jour pour le découvrir.

Une fois que tout est installé, je marche dans le couloir jusqu'à sa chambre et ouvre doucement la porte. C'est à ce moment-là que je *les* vois.

Franklin est sur le lit complètement nu et une brune svelte est allongée sous le drap, juste à côté de lui, face à moi.

Pendant un instant, je suis tentée de ne pas faire de scène. Je pense simplement à me faufiler hors de la pièce, à retourner sur la pointe des pieds et à ne plus jamais en parler.

Mais ensuite, je repère la montre à cent mille dollars qui se trouve sur la commode. Avant de réaliser ce que je fais, je l'attrape et la claque au sol.

Ils sautent, surpris.

— Quoi, qu'est-ce que tu fais là ? Franklin rugit. Que fais-tu avec ma montre ?

— Qui est-ce ? je demande à savoir.

La fille me fait un signe timide puis commence rapidement à s'habiller et à rassembler ses affaires. Elle trouve sa robe sur la rampe et ses sous-vêtements sur le canapé de l'autre côté de la pièce.

— Tu ne vas pas me présenter ? je demande. Franklin ne répond pas.

— Salut, je suis Aurora Tate. Sa fiancée. Et vous
êtes ? Je lui tends la main de manière
démonstrative.

— Vous êtes Aurora Tate ? elle halète, arrêtant la
recherche de son soutien-gorge.

Je repère quelque chose de noir et en dentelle sur
le dessus de la commode et je lui tends.

Merde, je n'aurais pas dû lui dire mon nom, je me
rends compte qu'il est trop tard.

— Je suis Lindsey, dit-elle, me serrant la main en
boitant. Je vais partir maintenant.

— Non, ça va, restez. Je vous ai apporté un petit
déjeuner, dis-je.

— C'est pour ça que tu es ici ? demande
Franklin.

N'importe qui d'autre aurait la décence de mettre
son pantalon, mais pas lui. Il se tient juste là,
complètement nu, me défiant avec son regard.

— Ouais. Henry m'a dit ce que tu avais fait et je
voulais juste venir ici et te remercier d'être un
gars si merveilleux, dis-je sarcastiquement.

Quand je m'éloigne de lui, il me rattrape avant la porte d'entrée. J'ouvre la porte et il la ferme. Quand je l'atteins à nouveau, il m'arrête à nouveau.

— Je suis désolé, d'accord ? C'est ça que tu veux entendre ?

— Je ne veux rien entendre.

— Es-tu sérieuse ? J'ai dû quasiment te forcer à m'embrasser ! Que veux-tu que je fasse ?

— Tu es un connard !

— Je ne sais pas où nous en sommes, dit-il. Tu ne sembles même pas vouloir m'épouser.

— Je n'en ai pas envie ! Tu as raison.

Il s'éloigne de moi.

— Tu veux tout annuler ? demande-t-il après un moment.

Je hausse les épaules.

Oui, bien sûr, la réponse est oui. S'il était quelqu'un d'autre, il le saurait déjà.

— Dans ce cas , dit-il, l'accord est annulé.

— Quel accord ?

— Tate Media. Je n'en veux pas. Je ne vais pas accepter l'offre.

— Non, tu dois accepter, je supplie, détestant la façon dont ma voix craque au milieu.

— Je n'ai pas de raison d'accepter. Tu ne veux pas m'épouser parce que tu penses que je suis un connard qui te trompe ? Eh bien, moi aussi je peux jouer à ce jeu. Je ne veux pas t'épouser parce que je pense que ton entreprise ne vaut rien et que tu es toujours amoureuse de ton ex-petit ami. Et ça ? Qu'est-ce que tu penses de ça ?

— Tu ne peux pas retirer ton offre, dis-je en secouant la tête.

— Pourquoi pas ?

— Cela fera baisser le cours des actions de manière drastique. Nous allons tout perdre.

— Si seulement tu avais de l'argent à perdre, se moque-t-il.

— Tous nos investisseurs perdront tout, et toutes les personnes qui ont leurs pensions liées à l'entreprise et des actions vont tout perdre.

— Mais je m'en contrefiche? demande-t-il en secouant la tête.

— Non, tu ne t'en fiche pas. Je le sais, j'insiste.

Lorsqu'il revient dans sa chambre, je le suis.

J'attends qu'il s'habille avant de dire autre chose.

— Pourquoi fais-tu ça ? je demande. Qui est-elle ?

— Juste une fille que j'ai rencontrée au club il y a quelque temps. Quand tu n'es pas restée la nuit dernière, je l'ai appelée et elle était prête à faire la fête.

Je me détourne de lui et enroule mes bras autour de moi.

— Quel est le problème ? Ce n'est pas comme si c'était un vrai mariage ?"

— Je pensais que tu le voulais.

— Eh bien, clairement pas.

— Franklin, je ne comprends pas vraiment ce que nous faisons ici. Pourquoi veux-tu te marier ? Pourquoi veux-tu m'épouser ?

Je le suis dans la cuisine et il s'appuie contre l'îlot central. Prenant un raisin dans sa bouche, il le mâche avant de me regarder à nouveau.

— Je ne sais pas pourquoi, dit-il en prenant un autre raisin, cette fois en mâchant la bouche ouverte. Peut-être que c'est parce que tu étais la seule à avoir refusé.

Il n'y a nulle part où aller. Après avoir quitté son appartement, je rentre directement chez moi, mais quand j'y arrive, je ne peux pas me résoudre à monter à l'étage.

Donc, je continue de tourner en rond.

Quand j'ai faim, j'entre dans un restaurant végétalien local et déjeune. Ma tête est dans le flou.

Pourquoi suis-je allée là-bas ? Je me demande. Qu'est-ce que j'attendais de lui ?

Je suppose qu'une partie de moi pensait que nous pourrions peut-être réellement faire fonctionner ce mariage.

Peut-être que ça n'a pas commencé dans les meilleures circonstances, mais cela ne signifie pas que nous ne pourrions pas être heureux.

Mais en la voyant là-bas, je me rends compte que s'il n'était pas satisfait de moi, il se tournerait simplement vers quelqu'un d'autre.

Nous n'avons rien en commun.

Il me voit seulement comme une chose à posséder.

Cela changerait-il un jour ? Je n'ai aucune idée.

Comment va ta mère ? J'envoie un message à Henry.

Bien, compte tenu des circonstances. Il répond.

Quand je décroche mon téléphone et l'appelle, il répond à la première sonnerie.

— Est-ce que je peux te voir ? je demande

— J'ai quelque chose à te dire.

28

HENRY

Je ne sais pas pourquoi je retourne là-bas. Je ne suis rentré que vers quatre heures du matin, mais quand Aurora appelle et demande à me voir, je mens et je dis que je suis déjà en ville.

Je veux la voir.

Je veux la toucher.

Du moins, je veux être dans la même pièce avec elle. Le chat vidéo ne suffit pas.

Il y a un écran qui nous sépare et je dois faire disparaître cette distance.

Je prends une profonde inspiration quand je monte à son appartement. Je ne sais pas à quoi m'attendre.

Elle ne voudra peut-être pas me parler de quelque chose de personnel ou de quoi que ce soit à voir avec nous.

Elle voudra peut-être parler de ma mère ou pire encore Franklin. Je dois être prêt pour ça.

Mais peu importe combien j'essaye, je n'arrive pas à faire disparaître ma peur.

Aurora me fait rentrer et m'offre à manger, un apéro qu'elle a installés sur l'îlot de cuisine.

Il y a des chips, des fruits et des légumes.

J'ai vraiment faim et je me fais une petite assiette.

Elle m'offre quelque chose à boire et nous partageons un cidre.

Elle pose des questions sur ma mère et je lui dis que rien n'a changé depuis hier soir. Je parle de l'argent que Franklin m'a donné et je la remercie également.

— C'était juste de sa part, me rassure-t-elle.

Puis elle arrête de parler et regarde ses mains.

— Que se passe-t-il ? Est-ce que ça va ?

— Je dois te dire quelque chose. Je n'allais pas le faire mais maintenant il s'est passé quelque chose et je suis plus perdue qu'auparavant.

— Oui, bien sûr, tu peux tout me dire, dis-je.

Elle secoue la tête et enfouit son visage dans ses paumes.

— Que se passe-t-il ? je demande en enroulant mon bras autour de son épaule. Il s'est passé quelque chose ? Il t'a fait quelque chose ?

Elle lève la tête et me regarde dans les yeux.

— Notre mariage est un mensonge, dit-elle doucement.

J'expire lentement.

— Tu l'as surpris en train de te tromper ? je demande

Je connais assez bien Franklin pour connaître sa réputation et savoir comment il traite les femmes. Je pensais que ses sentiments pour elle étaient plus forts que ses pulsions animales, mais maintenant je me rends compte que rien n'a changé. Connard un jour, connard toujours.

— Oui. dit-elle, mais ce n'est pas à ce sujet.

— Qu'est-ce que tu racontes ?

— C'était un mensonge dès le début, dit-elle. Sa voix se brise au milieu de chaque mot, alors qu'elle inhale ses sanglots.

J'attends patiemment qu'elle continue.

Mais elle ne dit rien d'autre. J'attends encore, m'agenouillant finalement à côté d'elle et la tenant juste pendant qu'elle pleure.

— Mon père a été arrêté pour fraude et pour quelques autres accusations. Il ne va pas bien et dès qu'il est en détention, il fait une crise cardiaque, raconte Aurora après un moment. C'est à ce moment-là que ma mère m'a parlé de l'arrangement.

— Quel arrangement ?

— Ils essayent de vendre Tate Media depuis un certain temps pour rembourser ses dettes, mais ils n'ont pas de preneurs. Mon père a volé de l'argent des fonds de pension et si la société tombe en faillite, il n'y aura aucun moyen de rembourser ces personnes. Ils perdraient tous leur argent de retraite et ils ne sont pas riches. Ce sont des gens comme ta maman qui ont travaillé toute leur vie et qui veulent prendre leur retraite et vivre leur âge d'or dans la paix et la stabilité.

Je hoche la tête, écoutant attentivement.

— La seule façon dont je pourrais les aider et aider mon père est si j'acceptais de faire quelque chose que je n'aurais jamais pensé faire.

Je secoue la tête, ne voulant pas croire les mots qui sortent de sa bouche.

— Je devais dire oui. C'était le seul moyen de lui faire acheter l'entreprise et de sauver les emplois de tout le monde. C'était le seul moyen pour moi d'aider mon père et de préserver l'héritage de ma famille.

— Dire oui à quoi ? je demande

— Il voulait m'épouser. Apparemment, je suis la seule femme qui ne lui ait jamais dit non et c'est la seule raison pour laquelle il voulait faire de moi sa femme.

— Je ne comprends pas, dis-je en secouant la tête.

— Nos fiançailles sont une farce, dit-elle. Nous ne sortions pas ensemble. Il voulait juste être fiancé et il voulait que je l'épouse et en échange il sauverait Tate Media.

— Qu'est-il arrivé à ton père ? je demande

— Je ne sais pas exactement. Les avocats ne me disent pas grand-chose. Mais tout le monde semble juste heureux que les accusations aient été abandonnées parce que Franklin a tiré quelques ficelles.

— Pourquoi tu me dis ça maintenant ? je demande. Il s'est passé quelque chose ?

Elle se lève et fait les cent pas dans la pièce, craquant nerveusement ses phalanges.

— Je pensais que je pourrais trouver un moyen pour que ça marche, dit-elle après un moment. Je pensais que cela pourrait être un vrai mariage.

Mais ce matin, je l'ai trouvé avec une autre femme. Après mon départ hier soir -

— Tu n'es pas resté hier soir ? je demande. Un pincement de culpabilité me submerge alors que je repense à ma propre soirée avec Chelsea.

— Non, rien ne s'est encore passé entre nous. Rien de significatif en tout cas.

Je trouve cela difficile à croire, mais je ne dis rien.

— Pourquoi pas ? je demande

— Ça ne me paraissait jamais une bonne idée. Chaque fois que nous avons été ensemble, je sentais que j'étais obligée d'être là. Je n'ai jamais voulu être avec lui. Tu dois me croire.

Elle me regarde avec de grands yeux écarquillés.

— Bien sûr, je te crois, dis-je en enroulant mon bras autour ses épaules et la tirant près de moi.

J'inhale le doux arôme de ses cheveux et j'y enfonce mon visage. Elle me tient fermement avant de se laisser aller. Ses sanglots sont calmes au début mais ils deviennent plus gros et plus forts.

— Je ne sais pas pourquoi je pleure, dit-elle, s'éloignant de moi de temps en temps mais continuant de pleurer. C'est tellement stupide, je me sens tellement stupide.

— Non, je t'en prie. Je suis là pour toi. Quoi qu'il en soit.

Je la tiens longtemps ce soir-là. Je la tiens quand elle me dit qu'elle n'a jamais perdu un pari la veille, mais qu'il l'a forcée à préparer le dîner pour nous tous. Je la tiens tandis qu'elle me dit à quel point elle se sentait stupide de voir une femme au lit avec lui.

— Tu veux rester avec moi ce soir ? demande Aurora, essuyant les larmes de ses joues et tirant ses cheveux en chignon. J'ai juste besoin que quelqu'un soit là. Je ne veux vraiment pas être seule.

— Oui, je murmure, bien sûr.

29

AURORA

Je lui demande de rester ici parce que c'est la personne à laquelle je pense toujours quand j'ai besoin que quelqu'un soit là pour moi. Il est le seul qui n'ait jamais compté et il est le seul qui aura toujours de l'importance.

Je ne sais pas ce que je vais faire de Franklin ou de mon mariage imminent. Je ne sais pas comment sauver en même temps mon père, l'entreprise, la pension de chacun et ma santé mentale.

Tout ce que je sais, c'est que je veux passer la nuit avec Henry.

Il accepte de rester, mais nous décidons qu'il vaut mieux qu'il dorme dans la chambre d'amis.

Quand je sors les couvertures du placard à linge, il me suit et m'aide à atteindre celles du haut.

— Voilà, dit-il en me tendant un paquet de draps gris.

Il se tient un peu trop près et soudain, le moment décontracté se transforme en quelque chose de beaucoup plus significatif.

Il me regarde dans les yeux et je regarde dans les siens.

Je m'approche et passe mes doigts le long de sa mâchoire et il tend la main et brosse un cheveu de mon cou.

— Je t'aime, murmure-t-il.

Sa voix est douce et effervescente.

Quand je me rapproche de lui, nos corps entrent en collision.

Sa bouche trouve la mienne et ma langue cherche la sienne. Il passe ses doigts le long de mon cou. Je presse mon corps contre lui et le pousse contre le mur.

Henry passe sa langue sur mon cou et sur ma clavicule. Ses mains enveloppent mes seins. L'une d'elle remonte sous ma chemise.

Je repousse mes cheveux en arrière et me perds dans l'instant. Il retire ma chemise et je déboutonne la sienne.

Je passe mes doigts sur son corps parfait et je ne peux pas m'empêcher de me lécher les lèvres. Il met son doigt sous mon menton et incline ma tête vers le haut, m'embrassant à nouveau.

Soudain, je ne sais pas où se termine mon corps et où commence le sien. Le reste de nos vêtements tombe au sol sans effort.

Quelques instants plus tard, nous sommes nus, debout l'un en face de l'autre. Je m'éloigne, mais seulement une seconde pour bien le regarder.

La lumière est faible et séduisante. Je regarde mon corps, un peu gênée, mais quand je le regarde en retour, je ne vois que du désir dans ses yeux.

Il passe ses doigts sur mes seins et sur mon ventre. Je me demande s'il a déjà été seul avec Chelsea et comment mon corps se compare au sien, mais repousse ces pensées.

Il est ici avec toi maintenant, je me dis. C'est tout ce qui compte.

D'ailleurs, ici même, en ce moment, je peux voir ce qu'il ressent pour moi. Il aime mon corps même si je ne l'aime pas. Il me veut comme chaque femme veut être voulue. Il me veut autant que je le veux.

Henry me prend la main et me conduit dans ma chambre. Il se retourne, embrasse le dos de ma main et écoute mes gloussements.

Lorsque nous franchissons le seuil dans ma chambre, il me prend dans ses bras. Il me soulève, j'enroule mes jambes autour de son torse et il me porte jusqu'au lit. Je sais que j'ai pris quelques kilos mais il me porte comme si je pesais autant qu'une plume.

Ses épaules sont larges et puissantes. Il a toujours aimé prendre soin de son corps et tout le temps passé dans des chambres de motel n'a pas eu d'effet néfaste sur lui.

Les muscles qui descendent sur son estomac sont tendus et durs. Je peux voir chaque abdo, y compris ce V incroyablement parfait descendant vers son aine telle une flèche me disant où concentrer mon attention.

Je saisis son cul dur et parfaitement rond et le pince quand il me laisse tomber sur mes pieds.

— On dirait que tout ce temps d'écriture et d'enregistrement ne t'a pas empêché de passer du temps à la salle de sport, commente-je.

Il rit et une mèche de cheveux lâche tombe sur son visage. Je m'approche et la glisse derrière son oreille.

— Tu sais comment je suis, dit-il. Chaque fois que je suis nerveux ou déprimé, j'aime me punir à la salle de gym. C'est la seule chose qui me fait me sentir mieux.

— Tu es en train de me dire que c'est une conséquence de notre rupture ? je demande, souriant au coin de mes lèvres et pointant en direction de ses abdos époustouflants.

— Écoute, tu m'as vraiment brisé le cœur, que puis-je dire ? Il hausse les épaules et me tire sur lui.

Allongée à côté de lui, on a l'impression que nos corps vont de pair. Ils se connaissent de toutes les manières que deux personnes peuvent se connaître et c'est à la fois familier et sexy et impossible de résister.

— Je suis désolée de ne pouvoir dire la même chose, je ris d'une manière auto-décourageante, pointant mes poignées d'amour.

— Oh, non, j'aime ton corps tel qu'il est. Ne change jamais.

Je ne peux pas m'empêcher de rougir et de détourner le regard de lui. Quand il me voit fuir, il porte mon menton au sien et presse ses lèvres contre les miennes.

— Je le pense, dit-il avec un sérieux absolu. Si tu veux changer ton corps, tu fais ce que tu veux,

mais seulement si tu veux le faire pour toi-même.
Je te trouve incroyablement sexy comme tu es. Et
ne pense jamais autrement.

Je ferme les yeux et penche la tête en arrière.

Il commence à m'embrasser, passant sa langue de
mon cou à mon corps.

Je ferme les yeux et me perds dans l'instant. Il
connaît son chemin autour de mon corps et mes
jambes s'ouvrent à lui.

Soudain, chaque muscle se détend et je pousse
un profond soupir de soulagement. C'est à lui
que j'appartiens. C'est lui qui me comprend et je
sais qu'il m'aime.

Quand il grimpe sur moi et drape son corps
solide sur le mien, j'ai enfin l'impression d'être à
la maison. Après quelques instants, ses baisers
deviennent plus frénétiques et ses poussées
deviennent plus fortes.

Nous commençons à bouger à l'unisson. Je mets
la tête en arrière et cambre le dos. Il va de plus en
plus profondément en moi et puis un instant je
me laisse complètement aller.

Je crie son nom haut et aussi fort que possible alors qu'il gémit le mien dans mon oreille.

30

AURORA

Le lendemain matin, Henry et moi faisons des plans futurs. En fait, nous restons debout toute la nuit à en parler.

— Quoi qu'il arrive, dit-il, allongé dans son lit à côté de moi avec ses doigts remontant sur mes cuisses, tu ne peux pas l'épouser la semaine prochaine.

— Je ne veux pas l'épouser, bien sûr que non, mais je dois parler à mon père. Je dois vraiment essayer de trouver un autre plan.

— Que va-t-il se passer avec Tate Media si tu te retires ?

— Ça, je ne sais pas vraiment. Mes parents m'ont

laissée dans l'ignorance à propos de ces affaires et cela n'a pas été la meilleure chose à faire récemment.

— Même maintenant ? il demande.

Je lui fais un léger signe de tête, évitant ses yeux.

— Je ne comprends pas. Pourquoi ? il demande.

— Eh bien, pour être honnête, j'ai en quelque sorte évité toute la situation. Nous en avons parlé brièvement, mais un peu trop brièvement et j'ai été trop gênée pour en parler.

— Je suis vraiment désolé, dit-il en me serrant la main.

Je secoue la tête et m'éloigne de lui. Je tire sur le drap, en l'ajustant plus fermement autour de mes seins nus.

— Je suppose que je ne voulais tout simplement pas y penser. Je voulais mieux le connaître et peut-être essayer de comprendre. C'est l'une des raisons pour lesquelles je ne t'ai pas dit ce qui se passait, je l'admets. Je voulais vraiment que ça marche. Je pensais que nous pourrions peut-être réellement tomber amoureux et peut-être que je pourrais transformer cette terrible situation en une véritable relation.

— Et maintenant ? il demande.

— Maintenant, je me rends compte que je n'aurais jamais dû essayer. Nous sommes deux personnes différentes et nous n'avons rien en commun. En plus, il est... Quand je l'ai vu avec cette femme, je savais juste qu'il ne se soucierait jamais vraiment de moi de cette façon.

— Comme la façon dont je me soucie de toi ? demande-t-il.

J'acquiesce.

— Je t'aime, Aurora. Je t'aime depuis que j'ai posé les yeux sur toi.

Je vois une larme dans le coin de son œil.

Henry n'est pas une personne particulièrement émotive, mais je ne l'ai jamais vu être aussi vulnérable. S'il s'était ouvert à moi comme ça auparavant, nous n'aurions jamais rompu.

— Je n'aurais pas dû laisser mon travail s'interposer entre nous. Il n'y a rien de plus important que nous, dit-il.

— Non, c'est moi qui étais égoïste. Je n'aurais pas dû simplement étouffer ma frustration et je n'aurais pas dû me mettre en colère contre toi.

— J'ai oublié ta remise de diplôme, dit-il.

Je pense à ça pendant un moment.

— D'accord, dis-je. Tu gagnes. Tu es le pire de nous deux.

Il attrape ma main et me tire vers lui. Il m'embrasse sur les lèvres, plongeant ses doigts dans mes cheveux.

— Tu me pardonnes ? demande-t-il, sans trop éloigner ses lèvres des miennes.

— Non, dis-je en souriant.

Il m'embrasse plus fort. Sa langue s'entrelace avec la mienne alors qu'il m'appuie contre le lit. Passant ses doigts sur mes mamelons, il se penche et en met un entre ses dents.

— Tu me pardonnes maintenant ? il demande.

— Eh bien, maintenant je sens que je réponds sous la contrainte, plaisante-je.

Il ne lâche pas et enroule sa bouche autour de ma poitrine.

— Et maintenant ? il demande.

Je penche la tête en arrière et pousse un petit gémissement. Il glisse sa main entre mes cuisses et enfouit ses doigts au plus profond de moi.

— Et maintenant ? il demande.

— Oui, je murmure.

— Oui quoi ? Il me pousse, faisant tourner ses doigts en rond.

— Je te pardonne, je gémis.

Il ne me faut pas longtemps pour jouir. Il écarte les jambes et je l'accueille à l'intérieur.

Nous bougeons ensemble en de petites poussées jusqu'à ce que cette sensation de chaleur familière commence à traverser mon corps. Il est difficile d'imaginer qu'il fut un temps où je ne pouvais pas avoir d'orgasme avec lui. Ou d'imaginer une époque où je n'étais pas complètement à l'aise avec le fait qu'il touche chaque partie de moi, aussi intime et personnelle soit-elle.

Trempés de sueur, nous restons longtemps dans les bras l'un de l'autre. Je berce sa tête et joue avec ses cheveux alors qu'il fait des petites cercles autour de mon nombril.

Cette fois, nous ne parlons pas de l'avenir.

Cette fois, nous nous perdons juste dans l'instant.

Je ne m'habille que plus tard dans la soirée. Je ne sors même pas du lit avant une demi-heure avant d'aller le voir.

— Je sais que tu redoutes ce moment, dit Henry, mais tu dois vraiment lui parler. Je suis sûr que ton père ne veut pas que tu fasses tout ce que tu ne veux pas faire. Il t'aime et il est la seule personne qui t'aidera à comprendre ce qu'il faut faire.

31

AURORA

Sur le chemin de l'appartement de mon père sur la Cinquième Avenue, je me force à voir le côté positif de la situation. Il doit y avoir une autre issue.

Personne ne fait de mariages arrangés de nos jours, du moins pas parmi l'élite riche de New York. Mon père m'aime et il ne voudrait pas que j'épouse quelqu'un qui ne soit pas la bonne personne.

Je me dis cela et environ dix autres mantras, espérant contre tout attente que j'ai raison.

Le concierge en bas l'appelle et lui dit que je suis ici. Quelques instants plus tard, l'ascenseur arrive.

Mon père aime vivre dans cet appartement chaque fois qu'il est « trop fatigué de son mariage », comme il dit. Je ne connais pas la nature de la relation de mes parents, je ne connais pas tous les détails, mais dire que c'est une situation quelque peu compliquée serait un euphémisme.

Mes parents ont un appartement de 500 mètres carrés qu'ils partagent en ville avec un domaine dans les Hamptons et quelques autres maisons à la campagne, mais ils ont aussi leurs propres appartements personnels en ville quand ils veulent s'évader.

Mon père parle de son appartement comme d'un repère, un peu ironiquement, et depuis qu'il a commencé à en parler de cette façon, ma mère a commencé à parler de son appartement de 200 mètres carrés comme d'un appartement de jeune fille qu'elle aurait abandonné, complètement ironique.

L'appartement de mon père mesure environ 250 mètres carrés et est sur trois étages avec deux ascenseurs qui les séparent. Il a dû obtenir une autorisation spéciale de la ville pour construire, ou plutôt pour rénover et combiner cinq appartements en un seul. Après avoir trouvé les bonnes connexions, il a réussi à le faire.

Je pense que ce que mon père aime le plus chez lui, c'est que c'est décoré spécialement à son goût. Tout est en noir et blanc avec des traces d'or, fondamentalement exactement ce que vous pourriez attendre d'un appartement de célibataire. Il y a même une grande table de billard près de l'entrée et toutes les toilettes sont plaquées or.

— Salut, chérie, dit papa, en passant son bras autour de moi et en me serrant chaleureusement dans ses bras. Je ne l'ai pas beaucoup vu depuis qu'il est sorti de l'hôpital, mais il a l'air en forme.

Son bronzage du début de l'année s'est un peu estompé et je peux dire qu'il n'est pas allé au gymnase ni se faire bronzer comme il le fait habituellement en hiver.

— Tu as l'air en forme, dis-je. Comment te sens-tu ?

— En fait, beaucoup mieux. C'était assez effrayant, non ?

— Oui vraiment. Nous pensions que nous allions te perdre.

— Qui, moi ? Allez, il faudrait bien plus qu'une petite crise cardiaque en prison pour me tuer.

— J'espère bien, dis-je en lui souriant.

— Alors, tu veux manger quelque chose ? je demande

Je regarde la cuisine en marbre immaculée avec deux énormes îlots. Je ne vois aucune chose comestible nulle part.

— Rafael nous a fait quelque chose à manger avant son départ pour la journée.

— Oh, d'accord, dis-je, plutôt surprise.

Mon père va au réfrigérateur et sort un plateau de plats cuisinés.

— Je vais juste mettre ça dans la poêle et ce sera prêt dans dix minutes.

Ma bouche s'ouvre presque.

— Hé, ne semble pas si surprise ! dit mon père, en jetant ses cheveux poivre et sel et en haussant les épaules de cette manière décontractée sans prétention comme lui seul sait le faire.

— Hé, je suis désolée, je ne pense pas que je ne t'ai jamais vu cuisiner…

— Eh bien, je suis un nouvel homme, ou du moins j'essaye d'en devenir un.

Après avoir jeté les aliments dans la casserole et les avoir déplacés avec la spatule, il demande :

— Que se passe-t-il chez toi ?

Je ne sais pas vraiment comment lui répondre, pas tout de suite. Je veux profiter de ce moment, sans le compliquer avec l'enjeu.

Mais je me rends compte que je ne peux pas en parler. Cela a été au cœur du problème.

— Je suis contente que tu te sentes mieux, dis-je. J'étais vraiment inquiète avant.

— Je sais que tu l'étais, chérie. Et je ne voulais vraiment pas que tu le sois.

— C'est juste que c'est arrivé si vite. Tout semblait empirer. Je souhaite vraiment que maman et toi m'ayez dit ce qui se passait vraiment... Avant.

— Nous ne voulions pas t'impliquer. Nous ne voulions pas que tu t'inquiètes. Nous voulions que tu continues à penser que tout allait bien.

— Mais vous ne pouviez pas tout régler. Et puis c'est vraiment devenu incontrôlable, non ?

— Que veux-tu dire ? demande papa.

— Eh bien, ils sont venus et t'ont arrêté et tu ne le savais même pas.

— Oui, c'était une surprise. Mais ensuite, ils ont abandonné les charges, dit-il. Merci à Franklin. Tu vois, les choses s'arrangent toujours.

— Non, papa, tout ne s'arrange pas. Du moins pas sans conséquences pour les autres.

— Qu'est-ce que tu racontes ?

— Eh bien, je ne pense pas que cela vous surprendra mais je ne veux pas vraiment l'épouser. En fait, je ne veux pas du tout l'épouser.

Son sourire en plastique disparaît et une expression plus sévère et plus sérieuse émerge.

— Chérie, ne dis pas ça, dit papa. C'est une chose très dangereuse à dire.

— Qu'est-ce que tu racontes ?

— Si tu ne l'épouses pas, nous perdrons tout. Tout ce que ta mère et moi avons construit au cours de toutes ces années.

Je secoue la tête. Je ne sais pas quoi dire.

Bien sûr, je ne veux pas tout perdre, mais je ne veux pas non plus épouser quelqu'un avec qui je ne veux pas être, que je peux à peine supporter et le faire sans plan de sortie.

— Tu sais que des gens qui ont leurs pensions liées à Tate Media, non ?

J'acquiesce.

— Ils ne sont pas comme nous, dit-il. Ils n'ont pas de maisons à vendre et d'actions à liquider et toutes ces autres choses qui nous protègent du soi-disant monde réel.

Ils ont juste leurs maigres salaires, deux cents dollars attachés à une entreprise qui va s'enflammer à moins que tu ne fasses quelque chose pour le sauver.

— Mais pourquoi cela dépend-il de moi ? Tu n'as jamais voulu que je sois impliquée avant et tout à coup tout dépend de moi ?

— Chérie, j'ai foiré. Je serai le premier à l'admettre. J'ai pris de l'argent que je n'aurais pas dû prendre dans les coffres de l'entreprise. J'ai tout dépensé. Je pensais que je pourrais le remettre, mais je ne pouvais pas. C'est là-dessus que toutes ces personnes enquêtaient. Ils savent exactement ce que j'ai fait et la seule façon de faire face à la situation est de faire en sorte que les gens de Franklin le couvrent et de faire intégrer Tate Media dans son OMS, la société de ses parents.

Je secoue la tête. Je descends du tabouret de bar et marche dans la pièce.

— D'accord, disons que je l'épouse. Et alors ? Quel est mon objectif final ? Comment puis-je divorcer et remettre la société sur pied ? Comment pouvons-nous y parvenir ?

Mon père secoue la tête.

— La réponse simple est que tu ne divorceras pas, dit-il doucement.

Mes yeux s'écarquillent et je le regarde, ayant du mal à croire qu'il dise ça.

— Tu veux vraiment que je reste mariée ?

— Je veux que tu l'épouses et je veux que tu essaies d'avoir une bonne vie avec lui. Après un certain temps, il développera l'entreprise et la remettra sur pied. Ces gens ne perdront pas leur emploi et ils ne perdront pas leur pension. Et qui sait, peut-être que vous deux pouvez être heureux ?

— Et si nous ne le sommes pas ?

- Si vous ne l'êtes pas, alors vous ne seriez pas le premier couple à trouver le bonheur... Ailleurs.

Des larmes coulent dans mes yeux et je me détourne de lui pour ne pas le voir me pleurer.

— Chérie, je suis désolé, je ne voulais pas te contrarier, dit mon père.

— Je suis désolée, je ne devrais pas laisser cela m'atteindre, dis-je en prenant une profonde inspiration et en essayant de repousser mes larmes.

— Qu'est-ce qui ne va pas ? dis-moi ce que tu penses.

Je retourne ma tête en arrière.

— Je ne vais pas l'épouser, dis-je.

— Il le faut, dit papa calmement. Sa voix est si monotone et détachée qu'elle envoie des frissons dans ma colonne vertébrale.

— Non, je ne peux pas. Cela ne résoudra pas ton problème et cela ne fera qu'ajouter au mien. Je veux plus pour ma vie que d'être mariée à un homme que je n'aime même pas.

Mon père sert notre dîner. Nous nous asseyons silencieusement à la table de la salle à manger, lui à la tête et moi sur la chaise à côté de lui. Sans un autre mot, je commence à manger. J'ai faim, soif et je suis déçue et j'espère que cela atténuera au moins une partie de cela.

— Je sais que c'est une chose difficile à faire pour toi, dit papa après avoir terminé tous les brocolis. Je sais que c'est une chose difficile à faire pour toi puisque ta mère et moi ne t'avons jamais vraiment demandé de faire quoi que ce soit pour nous.

— Ce n'est pas ça, dis-je en lui jetant un coup d'œil. Je ne pense tout simplement pas que tu puisses demander à une personne de se marier avec quelqu'un qu'elle n'aime pas en tant que quoi ? Une faveur ?

— Je dois te dire quelque chose, dit-il avec un soupir pesant.

— Quoi ?

— J'ai promis à ta mère que je ne le ferais pas et je n'aime pas rompre mes promesses avec elle mais dans ce cas, je pense que je dois le faire.

— Quoi ?

Il prend une profonde inspiration et termine son verre de vin.

— Je ne suis pas seulement passible d'une longue peine de prison. C'est plus que ça.

— Qu'est-ce que tu racontes ?

— Ils me tueront, dit-il doucement.

Je me penche pour mieux l'entendre, ne sachant pas si ses paroles ont été prononcées correctement.

— Qu'est-ce que tu as dit ?

— Ma vie est en danger, dit-il après une longue pause. Si tu ne l'épouses pas, si tu ne respectes pas l'accord, ils me tueront.

— Qui ?

— Je dois beaucoup de dettes à beaucoup de gens. C'est le genre de dettes dont tu ne peux pas t'acquitter, c'est le genre de dettes qui peuvent te mettre en danger. Et c'est le genre de dettes que tu dois rembourser à moins que tu ne veuilles que quelqu'un te coupe en petits morceaux et te renvoie à la maison dans une boîte à ta femme et tes enfants.

Je me penche plus près et pose ma main sur son avant-bras. De quoi parle-t-il je me demande ? Qui est cette personne que je pensais connaître ?

Pendant une seconde, je me demande s'il me dit vraiment la vérité, mais quand je regarde dans ses yeux et dans cette expression perdue, inquiète et effrayée sur son visage, je sais qui il dit vrai.

— Franklin Parks est un très mauvais homme, dit mon père. Je sais ça, probablement bien mieux que toi. Je ne te demanderais pas de faire cela pour moi si je savais qu'il y avait ne serait-ce qu'une autre chance de sortir de cela.

— Pourquoi ne m'as-tu pas dit ça avant ?

Il hausse les épaules et détourne le regard mais continue de me tenir la main.

— Je pensais qu'il y avait peut-être une chance que tu tombes amoureuse. Je pensais qu'il y avait peut-être une chance qu'il soit un homme bon pour toi et vous deux pourriez réellement être heureux. Je ne voulais pas t'envoyer dans cet arrangement avec ta garde levée. C'était peut-être une erreur.

— Papa, dis-je. Je ne l'appelle pas souvent comme ça, et je ne l'ai pas appelé ainsi depuis longtemps.

— J'aime Henry, je murmure.

De nouvelles larmes commencent à couler sur mes joues.

— J'ai trouvé Franklin avec une autre femme hier matin et je suis allée parler à Henry et nous avons commencé à nous remémorer et... ma voix s'interrompt.

— Je l'aime et nous n'aurions jamais dû rompre. Je veux me remettre avec lui.

— Je sais que tu l'aimes, chérie. Je ne pensais pas que tu n'aies jamais cessé. Et peut-être que vous pourriez être ensemble quelque temps après tout ça. Je pensais que Franklin pourrait peut-être t'être fidèle, mais maintenant j'en doute. Alors, peut-être qu'à l'avenir, Henry et toi pourrez essayer de recommencer.

Je secoue la tête, non, non, non.

— Je sais que ce que je te demande de faire est une chose impossible. Je sais que c'est injuste et horrible et démodé et complètement hors de propos. Mais saches que je ne te demanderais jamais de le faire si je pensais une seconde qu'il y avait une autre issue. Ma vie est en danger et ils vont me tuer si cela ne se produit pas.

— Qui ? Qui va te tuer ? je demande Franklin veut acheter l'entreprise et il me veut, mais je ne pense pas qu'il te tuera si je refuse.

— Ce n'est pas seulement Franklin. C'est mon partenaire. Mais il n'est mon allié que si tu deviens sa femme. Après cela, surtout si tu lui brises le cœur, il n'aura aucune raison de rester à mes côtés.

Papa continue de tourner en rond et évite toujours le nœud du problème. Je le presse, mais il refuse de m'en dire plus.

— Je ne peux pas, dit-il, secouant la tête de ses propres larmes qui jaillissent maintenant dans ses yeux. Si je t'en dis plus, alors ta vie sera également en danger. Je ne peux pas te protéger beaucoup, mais c'est le moins que je puisse faire et je vais au moins le faire.

JE RETOURNE à mon appartement le cœur lourd. Je pensais qu'il serait de mon côté et qu'il essaierait de m'aider à m'en sortir, mais maintenant je me rends compte qu'il n'a pas le contrôle.

Je ne sais pas ce que je vais faire. Je suis certaine que mon père ne ment pas, mais je ne connais toujours pas les détails de ce à quoi je suis confrontée.

Je ne sais pas pourquoi sa vie est en danger et je ne sais pas pourquoi Franklin est le seul à pouvoir l'aider.

Quand j'arrive au bas de mon immeuble, je continue. Je veux voir Henry plus que tout et pourtant je n'ai pas le cœur à lui dire ce qui s'est passé.

Que se passerait-il si je devais épouser Franklin ? Je me demande. À quoi ressemblerait ma vie ?

Avant, je pensais que l'épouser me forcerait à trouver une nouvelle stratégie, maintenant je me demande si je devrai rester mariée à lui pour toujours pour que ma vie fonctionne.

32

————

HENRY

Je repense encore à ce moment où je l'ai regardée quitter l'appartement pour aller voir son père. Je pensais que lui parler aiderait à résoudre ce problème, mais cela ne fait qu'empirer les choses.

Je n'ai pas revu Aurora après ça. Tout ce que son père lui a dit a consolidé sa décision d'épouser Franklin et de se séparer de moi.

Je ne lui parle plus.

J'attends et j'attends et j'attends, puis le portier arrive et frappe à la porte et me dit qu'Aurora m'a demandé de quitter l'appartement. Elle n'a même pas eu la décence de me le dire en face. J'appelle et j'envoie un SMS et j'envoie une email et elle ne répond pas.

Finalement, je reçois une note qui dit qu'elle m'aimera toujours mais elle se doit de faire cela pour protéger sa famille.

Alors que je la regarde traverser l'allée de l'église à la télévision, son visage rayonnant et arrogant, je me demande ce que j'aurais pu faire pour empêcher que cela se produise.

Je suis en colère.

Énervé. Mais c'est plus que ça.

Je sais que quoi qui se passe dans la famille Tate, c'est dangereux et indépendant de la volonté d'Aurora.

Elle pense qu'elle peut être en sécurité en grimpant dans l'œil du cyclone, mais elle ne se rend pas compte que pour sortir, elle devra tout recommencer.

Une chose est sûre, je l'aimerai tant que j'aurai de l'air dans mes poumons. Peu importe qu'elle ne ressente pas la même chose.

Je ferai tout mon possible pour la protéger, quitte à la protéger de loin.

Mais pour ce faire, je dois découvrir la vérité. J'ai besoin de savoir exactement ce que Franklin Parks a sur son père. J'ai besoin de savoir pourquoi elle traverse cette église. Et je découvrirai la vérité même si ça me tue.

MERCI D'AVOIR LU Un Mariage Mortel!

J'espère que vous avez aimé l'histoire de Aurora et Henry. Vous ne pouvez pas attendre de connaître la suite ?

Commencez à lire Une Union Fatale dès maintenant !

COMMENCEZ À LIRE Une Union Fatale dès maintenant !

À PROPOS DE CHARLOTTE BYRD

Charlotte Byrd est une auteure de best-sellers de romans contemporains. Elle vit en Californie du Sud avec son mari, son fils et un berger australien plein d'énergie. Elle adore les livres, le beau temps et les grandes eaux bleues.

Contactez-la ici : charlotte@charlotte-byrd.com

Trouvez ses autres livres ici : www.charlotte-byrd.com

Suivez-la ici : www.facebook.com/charlottebyrdbooks

Instagram : www.instagram.com/charlottebyrdbooks

Twitter : www.twitter.com/ByrdAuthor

Groupe Facebook : Charlotte Byrd's
Reader Club

Tu veux être le premier à être informé de mes
prochaines ventes, de mes nouvelles sorties et de
cadeaux exclusifs ?

Abonne-toi à ma **Newsletter** et rejoins mon
Club de Lecteur !

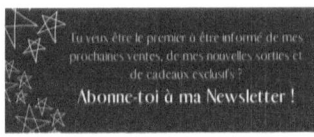

LIVRES DE CHARLOTTE BYRD

Tous les livres sont disponibles chez TOUS les grands distributeurs !

Si tu n'arrives pas à les trouver, s'il te plaît, envoie-moi un e-mail à l'adresse charlotte@charlotte-byrd.com

La Trilogie du Mariage

De Dangereuses Fiançailles
Un Mariage Mortel
Une Union Fatale

Pas intéressée Duo

Pas Intéressée
Toujours Pas Intéressée

Série Le Parfait Inconnu
Le Parfait Inconnu
Le Parfait Alibi
Le Parfait Mensonge
La Vie Parfaite
Le Parfait Echappatoire
Le Couple Parfait

Série Tous les Mensonges
Tous les Mensonges
Tous Les Secrets
Tous Les Doutes
Toutes Les Vérités
Toutes Les Promesses
Tous Les Espoirs

Série Soirée interdite
Soirée interdite
Règles interdites
Liens interdits
Contrat interdit
Limites interdites

La trilogie de La maison de York

La maison de York

La couronne de York

Le trône de York

Série Secrets et mensonges

Secrets et mensonges

Secrets et révélations

Secrets et peur

Secrets et colère

Secrets et passion

Série Dis-moi d'Arrêter

Dis-moi d'Arrêter

Dis-moi de Partir

Dis-moi de Rester

Dis-moi de Fuir

Dis-moi de Lutter

Dis-moi de Mentir

Série Emmêlée Dans La Glace

Emmêlée Dans La Glace

Emmêlée Dans La Douleur

Emmêlée Dans La Dentelle

Emmêlée Dans La Haine
Emmêlée Dans l'Amour